蒼月海里

海風デリバリー

実業之日本社

実業之日本社文庫

目次

序章 5
第一章 かもめ配達へようこそ 7
第二章 漆黒のライダー 67
第三章 ボトルメッセージの恋文 139
第四章 海鳥たちの祭り 197
終章 252

序章

ここは東京湾岸エリア。

海の近くというと、風光明媚《ふうこうめいび》な観光地を想像する人もいるだろう。

しかし東京湾は、昔から主に物資の流通を担い、工業的に発展し続けているのだ。観光地として整備されているのはほんのわずかで、湾岸道路沿いに並ぶのは工場と倉庫ばかりだ。

だが昨今、湾岸エリアのタワーマンションの需要が高まり、シーサイドやリバーサイドに惹《ひ》かれる人々が集まってきた。

そこで東京都は、ウォーターフロントという立地を工業以外にも活《い》かせないかと考えた。

江戸の頃から埋め立て続けて広がった湾岸エリアは、元々は海であった地域だ。

その水の恵みを最大限に活かし、持続可能な社会づくりの一つにしようというのだ。

計画の一端として、「ストリームライド」が注目された。

いわゆる、電動式のジェットボードである。

しかしその安定性は従来のものよりも高く、操作も簡単で、バッテリーはソーラー発電式だという。加えて、国産なのでメンテナンスやパーツの交換が容易で、次々と新しい機種が開発されていた。

東京都は、ストリームライドを利用して新たな流れを作れないかと画策していたのである。

ウォーターフロント地域の水辺を、キックボードに乗るように自由に行き来できるようになったら、新たなる社会が生まれるのではないかと。

首都圏では、連日のようにストリームライド事業についてのニュースが流れるようになった。

ウォーターフロント専用の新たなる乗り物に皆が羨望の眼差《まなざ》しを向けていた。

千葉県住まいの海原《うなばら》ソラも、その内の一人であった。

第一章　かもめ配達へようこそ

海原ソラは生まれてから十八年経《た》つが、実際に海を見たことがなかった。

千葉県という海に恵まれた場所に住んでいたのだが、ソラの家は千葉県の内陸にあり、下総《しもうさ》の大地ばかり眺めて過ごしていた。

彼が知る最も大きな水辺は、印旛沼《いんばぬま》である。

沼といっても千葉県の湖沼の中では最大で、周辺地域の生活を支える重要な水源だ。近くにはオランダ風の風車もあり、異国情緒も楽しめる。

さて、下総の中でも「人の声よりも虫の声の方が大きい」とか「夜に電車の車窓から外を眺めると何も見えない」と言われ、野生の雉《きじ》が闊歩《かっぽ》したり、未《いま》だに井戸と汲《く》み取り式のトイレがあったりする場所に住んでいたソラは、海に憧れていた。

何せ、苗字《みょうじ》に「海」がついているし、印旛沼より大きな水辺なんて、見たことがなかったからだ。

そんなソラがネットでストリームライドの動画を見た時、感動してしまった。

水辺を悠々と走る姿と、スケールの大きな海という存在に。

ソラはまず、ストリームライドをこの目で見てみたいと思った。

それゆえに、高校を卒業したタイミングで東京に出た。

東京のことはよくわからなかったが、江戸川《えどがわ》を越えれば千葉でなくなると親に言われていたので、最寄りの駅を走っている唯一のローカル線である京成《けいせい》電鉄に乗った。

自然が溢《あふ》れる地元を後にし、地元に比べたらびっくりするほど栄えている津田沼《つだぬま》や船橋《ふなばし》を経過し、京成八幡《やわた》駅前に立つタワーマンションをぼんやりと眺め、その後、田畑もなく家や商店がひたすら続くなと思っていると、ふと視界が開けた。

「江戸川だ！」

ソラは思わず声を上げてしまった。

青い空と抜ける視界、そして、遠くに見える天を貫く銀色のタワーは東京スカイツリーだろうか。

川の遥《はる》か向こうもまた、キラキラと光っている。海があるに違いない。

ソラは車窓にはりつき、ストリームライドを探した。

だが、水面が美しく揺れているだけだ。波を切って走るライドの姿はない。

橋を越えてからは、住宅地が全く途切れることはなかった。自然が恋しくなってきたところで、また川が見えた。

どうやら、中川《なかがわ》というらしい。

陽光が水面に反射して輝いていた。そんな中を小型船が波を切って走っていたが、ライドの姿はない。

小さすぎて見えないのか。

いや、野山を駆けまわって育ったソラの視力は驚異的なもので、遥か彼方にいる人間の顔も判別できた。波を切るストリームライドを見逃すはずはない。

「どこだ、ストリームライド……！」

ソラは躍起になって、ライドの姿を探す。車窓に顔をはりつかせているせいで、車窓はソラの吐息で白くなっていた。

そんなソラの姿を不思議そうに見ている乗客もいれば、微笑《ほほえ》ましげに眺めている乗客もいる。だが、ソラは自らに注がれている視線など気にした様子もない。

列車は無情にも橋の上を通過し、銀色に輝くスカイツリーが徐々に近づく。

スカイツリーの近くには隅田川《すみだがわ》があるというし、そこならばライドを見つけることができるだろうか。

「っていうか東京って川だらけだな。うちの近くは利根川《とねがわ》くらいしかなかったのに」

どうしてそんなに川だらけなんだろう、とソラは首を傾《かし》げる。

ソラの気持ちが車窓からそれた瞬間、再び水辺が現れた。

「おわっ……！」

ひと際、力強く幅広い川の出現に驚く。

空の青と、水面の青が美しい。住宅地ばかりの東京に突如現れた視界いっぱいの自然を前に、ソラは思わず見とれてしまった。

ソラが川をぼんやりと眺めていると、白波が立っていることに気付いた。

小型船よりも繊細でシャープな波だ。それを生み出しているのは――。

「ストリームライドだ！」

ソラの目がライドを捉えた。

カラスの濡《ぬ》れ羽《ば》色のように黒く美しいライドに、同じく黒いマリンスーツのしなやかな身体《からだ》つきの青年が乗っていた。烏羽玉《うばたま》の黒髪を風になびかせ、優雅に水上を走っている。

「わあ……」

その美しさに、ソラは思わず声を失う。

だが、それも数秒のことだ。走る列車の車窓から川が見えなくなってしまった。

ソラは弾かれるように我に返った。

「降ります！　降りまーす！」

列車が停車したため、ソラは声をあげながら転がるように降車した。

イノシシのように前のめりになって走り、改札機にICカードを押し付けて駅を出ると、線路があった高架がソラを迎えた。

ソラはふと、自分の降りた駅を振り返る。「八広《やひろ》」という聞いたこともない駅だった。だが町の雰囲気は、ソラが想像した都会然とした東京の姿とはほど遠く、狭い路地と低層の住宅が連なるのどかなものだった。

そんな空気を悪くないなと思いながら、ソラは川があった方へと足を向ける。

「たしか、こっちだったはず！」

ソラの足は速い。珍しい虫や鳥を探して、日が沈むまで地元の野山を駆けまわっていただけある。

川の場所はすぐにわかった。大きな堤防が視界を遮っていたからだ。

階段を探す間も惜しく、ソラは助走をつけたかと思うと堤防を一気に駆け上がる。

すると、看板がソラを迎えた。

「あらかわ……」

看板にはそう書かれていた。どうやら、それが川の名前らしい。

「荒川《あらかわ》か！　お前が噂《うわさ》の！」

ソラは堤防の先にある荒川を指さした。

荒川の名は知っている。

名前の通り荒ぶる川で、昔は水害が酷《ひど》く、付近の住宅を呑《の》み込むことがあったという。今は治水のお陰で水害が少なくなっているそうだが、ソラが駆け上がった高い堤防もその一環なのだろう。

堤防の下にはサイクリングロードと思《おぼ》しき道があり、自転車で軽快に駆ける人たちがいた。悠々と流れている荒川は、その奥にある。

「ストリームライドは⁉」

漆黒の乗り手はどこに行ったのか。

ソラは堤防を駆け下り、サイクリングロードを渡って、緑地に広がる背の高い草をかき分け、荒川のほとりに出る。

すると、波しぶきをあげる漆黒の乗り手は、既に彼方へと過ぎ去っていた。

「待ってくれ！」

叫んでも届くはずがない。目視でも難しい距離だ。

ソラは辺りを見回す。他にライドの姿はない。漆黒の乗り手だけであった。

「くそっ、逃がすかよ！」

ソラは走った。漆黒の乗り手が消えていった方角へと。

波しぶきを頼りに追いかけるものの、距離はぐんぐん離されていった。

「は、早い……。ママチャリよりも早く走れるのに……！」

東京に来ていきなり、ソラは自信を喪失しそうになる。

しかし、落ち込んでいる暇はない。こうしているうちにも、漆黒の乗り手の姿は消えそうになっているのだから。

「見失っても大丈夫。見晴らしもいいし、分かれ道もないもんな！　このまま川を下っていけば、ライドに辿《たど》り着くはずだ！」

もしかしたら、他の乗り手にも会えるかもしれない。そう思うと、ソラはワクワクした。

だが、出会ったところでどうするのか。乗り心地を聞きたいのか、乗せてもらいたいのか、仲間になりたいのか、それは全く考えていなかった。

細かいことはあとでいい。今はとにかく、ライドに追いつきたい。

その後どうしたいかは、追いついてから考えればいい。

ソラは頭を空っぽにして走り続けた。

競技用の自転車で走るサイクリストと並走したり、散歩中のお年寄りに「がんばんなよー」と声援をもらったりしながら、ひたすら下流を目指した。

そうしているうちに、ほのかに不思議なにおいが漂うようになってきた。魚屋さんのにおいに少し似ている気がする。

海が近いのだろうか。

何本か橋の下を通過したソラは、ひときわ立派な斜張橋《しゃちょうきょう》を目にすることになる。自動車と鉄道と人間が並走する、大きな橋だ。

その橋の下をくぐったところで、目についたものがあった。

「なんだ、あれ」

対岸にコンクリートで固められた岸辺があり、船着き場になっているようだ。そこに、木造の不思議な建物がある。

二階建てなのだが、一階部分がガレージのようになっている。一般的なガレージと違うのは、下が地面ではなく水面だということか。

つまり、一階には船を入れることができるのだ。昔ながらの漁業を営む地域に見られる、舟屋《ふなや》というものだった。

背後には大きな鉄筋コンクリート造と思しきマンションが立ち並んでいるのに、船着き場にある舟屋は木造という奇妙な光景だ。

それでも、舟屋は荒川と調和しているように見えた。

その風情ある外見に、ソラは心惹かれるものがあった。

しかし、それよりも心が動いたのは、一階部分に収納されているものだ。

「ライドだ！」

漆黒のストリームライドがあった。漆黒の乗り手は、間違いなくそこにいる。

「やった！　ライドの基地を見つけた！」

対岸だが、泳げばすぐかもしれない。

荒川に飛び込もうとしたソラだが、近くで釣りをする中年男性から声が掛かった。

「そこは遊泳禁止だし、あぶねぇぞ」

「あっ、はい！」

服を脱ぎかけていたソラは、慌てて着直す。

「あそこに行きたくて」

ソラはそわそわしながら舟屋を指さした。

すると、釣り人は橋を顎で指す。

「せっかく清砂大橋《きよすな》があるんだ。こいつを使え」

斜張橋の名前は、清砂大橋というらしい。対岸にある江戸川区の西葛西《にしかさい》と、こちら側である江東区《こうとう》を繋《つな》ぐ重要な橋だそうだ。

「あっち側に着いたら、『かもめ配達』さんがかけた階段があるからよ。そこから降りればいい」

「『かもめ配達』ってなんですか？」

ソラは首を傾げる。

「なんだ、知らないであの舟屋に行こうってのか？　あれは、かもめ配達さんのオフィスだ。ストリームライドって乗り物を使ってる、ウォーターフロント地域専門の配達業者だよ」

「へぇぇぇ！」

ソラが目を輝かせる。

「それじゃあ、あの漆黒のライダーも配達員ってことか……！」

「この辺でストリームライドに乗ってるのは、かもめ配達さんくらいしか知らねぇな。まあ、港区の方には他の業者が入っているらしいけどな。豊洲《とよす》の方も、多少事情が違うかもしれねぇ」

「へー！　地域によって違うんだ！」

港区も豊洲も、なんとなく名前を知っている程度だ。港区はセレブが多く、豊洲は最近タワーマンションがたくさん建ち、人気が急上昇しているとかなんとかというおぼろげな知識しかないが。

「そりゃあ、住んでる人間の質も違うからな。ここは城東エリア。昔ながらの下町よ。うちも、曾祖父《ひいじい》さんの代から住んでる」

釣り人は誇らしげに笑みを浮かべた。地元に対する愛を感じる笑顔だ。

「とはいえ、最近は再開発とか言って、でけぇマンションがたくさん建てられて、よそから若い連中がずいぶんと入ってきたけどな。だがまあ、地域が活性化するならそれでいいし、俺は水が汚れなきゃ問題ねぇ」

「へー。因《ちな》みに、何が釣れるんですか？　フナ？」

思わず印旛沼で釣れる魚をあげたソラに、釣り人は苦笑した。

「ここは海水が入ってるから、フナは釣れねぇよ。シーバスなら釣れるぜ？」

「バスは知ってるけど、海でもバスが？」

「いわゆる、スズキってやつだ。でかくて美味《うま》くて言うことはねぇ。ただ、いっぱい釣って帰るとカミさんに怒られちまうけどな。誰が料理すると思ってんのって。だから、最近はほどほどに釣るか、俺が料理することにしてるよ」

日焼けした釣り人の目は、水面に反射する陽光を捉えて輝いていた。その輝きを見つめるソラの表情も、自然とほころぶ。

「俺の話なんて聞いてていいのか？　かもめ配達さんに用事があるんだろ？」

「はっ、そうだ！」

ソラは我に返る。

「配達の依頼か求人の募集でも見たのかと思ったんだが、まさか、かもめ配達さん自体を知らねぇとはな」

「求人してるんですか⁉」

「この前、社長が配達員を増やしたいってぼやいてたからな。出してるんじゃねぇか、たぶん」

首を傾げる釣り人に、ソラは全力で頭を下げた。

「ありがとうございます！」

「お、おう？　気をつけて行くんだぞ」

釣り人に見送られながら、ソラは清砂大橋に上る階段を探し、全力で駆け上がった。

橋の上の見晴らしは更によく、頭上には大空が広がっていた。

「海だ！」

荒川の先に、東京湾が広がっているではないか。ここは川と海の境界なのだ。

印旛沼なんて比べ物にならないほどの大きさに、ソラは目を剝《む》く。

「海海海！」

ソラは興奮のあまり、橋の欄干から落ちそうになる。だが、ごうっと吹いてきた強めの海風がソラを押し戻した。

「危ない。興奮してまた飛び込みそうになった……。釣りのおっちゃんに迷惑かけるわけにいかない……」

ソラは釣り人の注意喚起を忠実に守ろうと自分を律する。

頭上には、見慣れない白い鳥が翼を広げて飛んでいた。

テレビや本で何度も見たことがある。カモメだ。

「すげー！　ここがもう海じゃん！　カモメがいるなんて、ほぼ海じゃん！」

実際、風にはほのかに潮が混じり、海の気配が強かった。

遠くには大きな鳥が弧を描いて飛んでいる。鳶《とび》だろうか。

内陸にいた時とは全く違う生態系に、ソラは居ても立ってもいられずに走り出した。

目指すは、かもめ配達の舟屋である。

橋の両岸には大きなマンションがいくつも窺《うかが》えたが、天を覆い隠すほどの高さではない。広々とした敷地に、どっしりと構えられているという印象だ。

振り向くと銀色の東京スカイツリーが見え、進行方向には巨大な観覧車が見えた。

ソラはあちらこちらに気を取られながらも、橋の途中にある中州までやってきた。

どうやら舟屋がある場所は、荒川ともう一つの川の間のようだ。

もう一つの川は、車窓から見た中川であった。こんなところで合流できるとは感慨深い。

鉄パイプと木で組み上げた簡単な階段は、いかにも手作りであった。海から吹く強風にあおられながら、ソラは絶妙にバランスを取って中州へと降りる。

中洲の先端に、その舟屋はあった。

木造二階建てになっていて、一階のガレージ部分をよく見れば、ストリームライドの他に真っ白な小型船があった。見逃しようがないはずなのだが、ライドばかり見て気付かなかったのだ。

キラキラ光る水面の眩《まぶ》しさに目を細め、海風をかき分けながら、ソラは舟屋に着くなり叫んだ。

「たのもー！」

「おや、道場破りかな？」

舟屋のガレージ部分の奥から現れたのは、海風のように爽やかな青年であった。

背丈はすらりと高く、イケメンとしか形容できない甘いマスクで微笑みながら珍客を出迎える。

だが、彼のゆるやかにウェーブがかかっている髪は染めたブロンドだ。漆黒の乗り手ではない。

しかし、ソラは気にすることはなかった。声を張り上げてこう叫ぶ。

「ここで働かせてください！」

「え、早っ……！　まだ挨拶もしてないのに」

「こんにちは！　ここで働かせてください！」

「俺は海原ソラです！　ここで働かせてください！」

「僕は白波《しらなみ》ナギサ。『かもめ配達』の社長を務めているよ」

「海原君か。良い名前だね。ところで、その入社志望は語尾かい？」

あまりにも前のめりな入社志望に対して、ナギサは自身のペースを保ちつつ尋ねる。

「だって、地元の人に配達員が不足してるって聞いて……」

「ああ。それで、まだ求人募集をしていないのに入社志望をしてるのか。まあ、求人サイトに掲載する手間が省けたかな。履歴書かエントリーシートはある？　どんな形式でもいいよ。君の履歴が見られれば問題ないから」

「エントリー……シート……？」

就活するという同級生がそんなことを言っていたような、とソラはおぼろげな記憶をたぐり寄せる。

「君は弊社に就職を希望してるんだよね？　というか、就活生？　それとも、フリーター？」

「高校を卒業したばっかりです！」

「へぇ、若いね！　高校で進路を決めなかったのかい？」

まだ充分若いナギサは、ソラの瑞々《みずみず》しさに目を輝かせつつ、やんわりと尋ねた。

「俺は……うちを継ぐかもって……」

「ご実家が自営業なんだね」

「そうそう。うちは親父《おやじ》が店を開いて、両親で商店を経営してるんです！」

「ということは、お父さんは起業家か。僕の先輩だ。君のご両親は店を経営しつつ立派な息子さんを育て上げて、素晴らしい人たちだね。でも、ご実家を継ぐつもりが、どうしてここに？」

ナギサはソラの両親を称《たた》えつつ、最大の疑問を投げる。

「ストリームライドに憧れて……」

「質問を変えよう。ご実家を継がなくても良かったのかい？」

「親父も母さんもめちゃくちゃ元気だし、お前は外の世界を見てこいって」

「成程、社会勉強をさせようとしていたのか」

「そこで自由な生き方を探してみろって言われたんです。その上で、やりたいことを見つけるならそれでよし。実家を継ぎたいならそれでよしって」

「面白い教育方針だね。それで、君はストリームライドに憧れて東京に来たというわけか。ということは、ご実家から通うつもりかな？」

「いいえ。自由な生き方が見つかるまで帰って来なくていいって言われました！」

「おっと……。それじゃあ、住まいはもう見つけてるのかな。どこに住んでいるんだい？」

「まだ決めてません！　いざとなったら野草を食って生きられるって両親に言われました！」

「令和のこの時代に……すごいお家《うち》だね」

戦慄するナギサであったが、ソラはなぜか誇らしげだ。褒められていると思ったのだろう。

住所不定無職。それが現在の海原ソラのステータスである。

「わかった」

「働かせてくれるんですか⁉」

「それは待って」

目を輝かせて前のめりになるソラを、ナギサは手のひらで制止した。

「まず、街中の野草は薬品が散布されている可能性があるから、食べない方がいい」

「マジか！　それじゃあ、何を食べれば……」

「お店で販売されているものを買おう。安全性が確認されているからね」

ナギサは教師のように、ソラに一つ一つ丁寧に教える。

「そして、家無しはおススメしないよ。僕は事業に失敗した時にダンボールハウス生活を送ったことがあったけど過酷だったよ。身体を壊したしね」

「そうなんだ……。東京って大変な場所なんだな……」

経験者の言葉に、ソラは震える。

「因みに、君はどこから来たのかな？」

「千葉です！」

　ソラは千葉の方角を指した。

「ああ、なるほどね。ここは千葉が近いから浦安《うらやす》かな？　それとも、もう少し離れたところかな」

「宗吾《そうご》参道です！」

「ん？　どこ？」

「印旛郡酒々井町《しすいまち》！」

「印旛……。印旛沼の近くかな。参道ということはお寺があるところか」

「そうです。江戸時代に農民が重税に苦しめられた時、木内惣五郎《きうちそうごろう》さんって人が将軍様に直訴して……」

　のちに佐倉《さくら》宗吾と呼ばれる彼は、幕府に訴状を送るも聞き入れられず、やむを得ず、当時禁止されていた将軍への直訴を行ったという。それによって、本人と家族は死罪となるが、重税が見直されて農民たちは救われたそうだ。

　その、佐倉宗吾が祀《まつ》られているのが宗吾霊堂――正式名は鳴鐘山東勝寺《めいしょうざんとうしょうじ》といい、霊堂に至る道が宗吾参道と呼ばれている。

　この地名は駅にも使われており、ソラはナギサにわかりやすいように最寄りの駅名を伝えたのだ。

「地元の人にとって大切な場所のお膝元ってことだね。お寺っていうと成田山新勝寺《なりたさんしんしょうじ》を思い浮かべるけど……」

「その成田の近くです！　佐倉と成田の間！」

「成田山にはお参りをしたことがあったね。確か、京成電鉄で特急に乗って。ただ、佐倉と成田の間にあったのは……」

　ナギサは記憶の糸をたぐり寄せる。

　佐倉と成田の間は、田畑と野山と歴史がありそうな家々が多い。印象に残るものといえば、遠くに見える雄大な印旛沼か。

「……のどかなところだったよね」

「そうです！　雉もいるんですよ！」

「それは相当のどかだ……。野生の雉が見れるのはすごいな」

　ナギサは素直に感心する。

「そうなると、千葉でも内陸の方だよね。海に行ったことは？」

「無いです！　海を生で見たのも今日が初めてです！」

　海を見たことの興奮を思い出し、ソラは目を輝かせる。ナギサの目が一瞬だけ遠くなるが、すぐに戻った。

「それでストリームライドの配達員になろうっていうのは挑戦的だね。スケートボードなどの経験は？」

「無いです！　でも、走るのと木登りは得意です！」

「体幹はしっかりしてそうだし、慣れれば乗りこなせるかもしれない……か」

ナギサはソラを頭のてっぺんからつま先まで見つめる。

ソラはいかにも健康な青年だ。肉体の均整も取れ、顔つきは溌溂《はつらつ》としていて、野山を駆けまわっていたせいか少し日焼けもしている。

「海原君は、海を見てどう思った？」

「すげーって思いました！」

ナギサの問いに、ソラは即答した。

「印旛沼よりも大きいし、空も広いし、印旛沼とは違う匂いがするし、すげーってなりました！　生き物も違うんですよね！　フナじゃなくてスズキが釣れるし、カモメがいて鳶がいるし！」

「印旛沼基準なのはユニークだね。海辺の生き物に興味があるのはいいと思う。今、ここに来て、それだけの情報を拾えるのは、うわべだけでなく本当に海に惹かれている証拠だと思うよ」

ナギサの冷静な分析を褒め言葉だと思ったようで、ソラは白い歯を見せて嬉《うれ》しそうに笑う。

「よし、わかった」

「働かせてくれるんですか⁉」

「それは待って」

またもや、ナギサは手のひらで待ったをかける。

「エントリーシートがなさそうだったからね。ひとまず、君のおおよその経歴や特技、志望動機などを聞かせてもらったよ」

「はっ、これは面接⁉」

ソラが気づかないうちに、ナギサに面接をされていたらしい。あまりにも自然で、世間話ぐらいだと思ったのに。

「本当は、雇用希望者にこんな立ち話をさせるのも悪かったんだけどね。でも、世間話を交えた方が正確な情報がわかるかと思って」

ナギサはにっこりと微笑む。柔らかい雰囲気の青年だが、社長だけあって抜け目がなかった。

「現在、弊社は僕とエンジニア、そして配達員が一人という三人体制で回しているんだ。幸いにも需要が拡大し、配達の依頼も増えているから、配達員一人では回せなくなってね」

一人の配達員と聞いて、ソラはハッと思い出す。

「漆黒のライダーだ！」

「黒いライドを使っているライダーなら、うちの湊《みなと》君だね。彼は優秀なライダーで、僕は本当に助けられてる」

「その湊さん、めちゃくちゃカッコよかったです！　何処《どこ》にいるんですか⁉」

ソラは湊に導かれたようなものだ。会ってお礼をしたいと思うものの、それは叶《かな》わなかった。

「湊君は次の配達に行ったよ。すまないね」

「そっか……。残念……」

たしかに、舟屋に辿り着いた時に漆黒のライドは見当たらなかった。ソラが清砂大橋にアクセスする階段を探している時に出てしまったのだろう。

一時は落ち込むものの、ソラはすぐに立ち直る。

「でも、俺が採用されたらいつでも挨拶できますね⁉」

「圧がすごいなー。ひとまず、会社説明をさせてよ。君を雇用するということは、会社を支える屋台骨になってもらうってことだからね。段階を踏んで行こう」

「はい！」

「元気がよくてよろしい」

はきはきと返事をするソラに、ナギサは何度も頷《うなず》いた。

「さて、弊社の業務はウォーターフロント限定の荷物の配達だ。荷物と言っても色々で、普通の荷物からフードデリバリーまで行っている。なぜウォーターフロント限定かというと、ストリームライドは水の上しか走れないからだ。ここまでで質問は？」

「はい！」

ソラは思いっ切り手をあげる。

「はい、海原君」

「ウォーターフロント限定ってことは、配達元も配達先も、湾岸エリアや川沿いにある家や施設だけってことですか？」

「そうなるね。あとは、船上にいる人もそうだ。船の上って意外と不便でね。まず、気軽にコンビニに行けないし」

水上から陸上のコンビニが見えたとしても、船着き場がないと上陸ができない。船着き場もあちらこちらにあるわけではないし、停泊料金も安くはない。

「じゃあ、ちゃんと準備をして船に乗らなきゃいけないのか。でも、お腹空《なかす》くこともあるだろうしな……」

「そういう時に、僕たちの出番というわけさ。小型船からのケータリング需要がそれなりにあってね。知り合いの飲食店と連携してる」

「へー！　隙間需要ってやつだ！」

「そうそう。あとは、交通事情に左右されずに配達ができるのも強みさ。どんなに道路が混んでも、僕たちには関係ないからね」

「海は渋滞がないですもんね」

「ああ。大型船の航路さえ避ければ、気ままに行けるのさ」

東京湾には大型船が多く出入りする。かもめ配達がある城東エリアは倉庫が多く、貨物船がやってくることは少なくない。

板一枚のストリームライドは、大型船が起こす波を前にしたらなすすべもなく転覆してしまうので、要注意とのことだった。

「東京都が行う実証実験の一環だから、今は多少の助成金をもらって会社を経営している状態なんだ。いずれは、助成金無しで経営が成り立つようにしたいと思ってる」

「ってことは、普通に経営してたら赤字ってことですか？」

「ライドの整備費がかかるんだよ。まだ少数生産だから、そもそものパーツの単価が高くてね。国産なのが何よりの救いだけど」

海外産ならばもっと苦しいところだった、とナギサは世知辛い事情を包み隠さずに話す。

そんな時、別の声がかかった。

「パーツの自作が出来ればいいんだけどな。でも、自分らが作ったらメーカーが儲《もう》からないんだよなぁ」

そう言って舟屋の奥から現れたのは、繋ぎ姿の青年だった。

ソラよりも少し年上で、ナギサよりも年下に見える若者だ。工具入れを腰に下げており、歩くたびに工具同士がぶつかって、ガチャガチャと音を立てていた。

「彼は、エンジニアの瀬戸《せと》ヨータ君だよ」

ナギサはすかさず社員を紹介した。

「海原ソラです！　よろしくお願いします！」

ソラは大声で自己紹介すると、地面にめり込まんばかりに頭を下げた。エンジニアのヨータはソラの勢いに押されてのけぞってしまう。

「大きい声が聞こえてくると思って来てみたら……。元気の塊みたいなやつが来ましたね」

ヨータは珍獣を見る目でソラを眺めた。

ソラは元気の塊というのを褒め言葉と取ったようで、満面の笑みを浮かべている。

「お前、ライドに乗ったことあんの？　まあ、ライドに乗る機会は少ないからライドに乗ってなくてもいいや。スケボーとかスノボとかの経験は？　マリンスポーツでもいいや。サーフィンなんかどう？」

「無いです！」

「無い!?」

ヨータは目を剝いた。

そして、目を飛び出さんばかりにしたまま、ナギサを見やる。

「白波さん、やばくないですか？　ストリームライドは簡単に操作できると銘打たれてるけど、配達に使うとなると話は別ですよ？　荷物を持った状態でバランスを取らなきゃいけないし、荷物を海水から死守しなきゃいけないし」

ヨータの話を聞き、ソラはハッとした。

「あ、そうか。荷物が海水を被《かぶ》る可能性があるのか。でも、拭いたり乾かしたりしたら問題ないんじゃあ……」

「甘い！」

ヨータは手にしていたレンチでソラを指す。

「海水は真水と違ってべたつくんだぞ！　ミネラル豊富すぎて拭いたり乾かしたりするくらいじゃ不十分！　においが残るから細心の注意が必要なんだ！」

「な、なるほど……！」

真剣に頷くソラに、ヨータは溜息《ためいき》を吐《つ》いた。

「はぁ、海に関しても素人か。お前は何度くらい海に来たんだ？」

「初めてだよ」

ソラの代わりに、ナギサが答えた。

「初めてェ⁉　初めてで水上配達人をしようとしてるわけ⁉」

ヨータは再び目を剝いた。

「海が好きになったし、ストリームライド乗りはめちゃくちゃカッコいいし、ここで働きたいです！」

ソラは再度、意欲を見せて叫ぶ。

圧倒的声量を前に、ヨータは思わず耳を塞いだ。

「こいつ、やる気だけあって実力が伴わないパターンなんじゃないですか？　貴重なライドをぶっ壊されたらどうするんですか！」

ヨータはソラを指さしながら、ナギサに訴える。

ナギサは笑顔のまま、しかし、覚悟を決めた目で答えた。

「その時は……僕が借金をして新しいライドを導入するよ」

「また差し押さえられますよ、家！」

「生きてればなんとかなる。幸い、この辺りは水産資源が豊富だからね」

「そっか！　野草が食えなくても、スズキを食って生きればいいんだ！」

ナギサの言葉に、ソラも新たな知見を得てしまった。逞《たくま》しい二人を前に、ヨータは震える。

「なんでお前まで路上生活を前提に考えてるんだよ。自分は嫌だよ。寒いの苦手だし、あったかいところで過ごしたいよ」

今の季節は春。暖かい陽気で夜も過ごしやすいが、冬になれば寒くなる。海風に曝《さら》される場所で、野外で生き延びるのは大変だろう。

「ひとまずは、ライドを乗りこなせるかどうか見てみようと思ってね」

ナギサは、ソラとヨータを交互に見やる。

ヨータはナギサの言わんとしていることを察して、苦い顔になった。一方、ソラはピンと来なかったようで、不思議そうな顔をしている。

そんなソラを、ヨータは小突いた。

「社長が、お前に実技試験をさせたいって言ってるんだよ」

「はっ！　ということは、ストリームライドに乗れる⁉」

「試乗だけどね」

微笑むナギサに、ソラは飛び上がった。

「ひゃっほー！　ストリームライドに乗れるぞぉ！」

「壊したら弁償してもらうからな！　白波さんを路頭に迷わせてたまるか！」

ヨータはソラに釘《くぎ》をさすが、当のソラの耳には入っていない。彼の頭の中は、ライドに乗れるということでいっぱいだった。

「まああ。今の跳躍力を見る限り、運動神経には期待できそうだよ」

路頭に迷うか迷わないかという本人は、マイペースにソラの身体能力を測定していた。

「因みに、湊君——漆黒のライダーはどこで見たんだい？　君がどこから走ってきたか気になってね」

「千葉がどうって聞こえましたけど、東西線とかじゃないですか？　東葉《とうよう》高速鉄道直通の」

ナギサの問いに、ヨータが口を挟む。

だが、ソラは首を横に振った。

「京成電鉄です！　押上《おしあげ》に向かう路線の！」

「あの東京スカイツリーを目指すやつか。結構遠いね」

「八広っていう駅から走ってきました！」

「八広ォ⁉」

裏返った声をあげたのは、ヨータだった。

「あそこからひたすら走ってきたって？　どれだけ体力お化けなんだよ！」

「ライドに追いつきたくて……」

「ストリームライドは時速六〇キロ出るんだぞ⁉　湊さんはいつもぶっちぎりで出し

てるはずだから……」

「ソッコーで見失っちゃって」

しょんぼりするソラに、ヨータは首を横に振った。

「当たり前だ。追いついてたら人間じゃない。ターボなんとかっていう妖怪だよ」

「湊君があの辺りを通過した時刻から考えて、ずっと走ってきたというのは本当みたいだね。体力と持久力があるなら頼もしい。ライドは立ちっ放しで操縦しなきゃいけないから」

ナギサはそう言って、舟屋の中へと足を向ける。

「ついて来て」

「はーい！」

ソラは舟屋に案内された。ソラの後をヨータも腑《ふ》に落ちない顔でついてくる。

舟屋の中は広く、まさに木製のガレージだ。

舟屋の内部まで水が入り込んでおり、船やライドで中まで入れるような仕組みになっている。

二台のストリームライドがサーフボードのように立てかけてあり、並んだ姿は美しかった。

他にも一艘《そう》の小型船が停泊しており、床がある部分のあちらこちらにメンテナンス用と思しき工具が置かれていた。

どうやら倉庫も兼ねているようで、釣り具も多い。バーベキューセットなども置いてあり、ソラは胸を躍らせた。

「我が社が保有しているストリームライドは三台。一台は今、湊君が配達で使っていて、あとは僕や瀬戸君が使っているんだ」

「ナギサさんもライドに乗るんですね！ ヨータさんも！」

ソラは尊敬のまなざしを二人に向ける。

ヨータは、「いきなりファーストネーム呼び……」と注意をしかけたが、キラキラ輝く視線を向けられて悪い気がしなかったのか、そっと口を噤《つぐ》んだ。

「でも、二人がライドに乗るなら、俺が乗るライドは無いんじゃあ……」

ライドは高価で新しく買うにはナギサが借金をするしかないという話を聞いた後だと、さすがのソラも気が引けてしまう。

「大丈夫。瀬戸君は配達員じゃないから、あまり使わないんだ。それに、僕も社長としての業務とオペレーターとしての業務と経理総務としての業務があって、なかなか海に出られなくてね」

ナギサは、心底悲しそうな顔をした。そんな顔をされたら、ソラも悲しくなってしまう。

「ナギサさん、海好きなんですね……」

「もちろん。一日に一回潮風を嗅がないと生きていけない身体になっちゃって」

「内陸へ出張に行った時、袋に詰めた海の匂いを嗅いで職務質問されたんですよね」

ヨータは、どこか冷めた眼差しでナギサのとんでもエピソードを暴露する。

「やめてよ！　社長が職務質問されたなんて恥ずかしいじゃないか……！」

「恥ずかしがるところ、そこですか？　次からは海洋深層水を飲むとか、そういう安全な方向で海成分を補充してください」

ナギサは爽やかイケメンだが、かなり癖が強い人物のようだ。それでも、ソラにとっては些事《さじ》で、尊敬の眼差しが曇ることはなかったが。

「だいたい、白波さんの業務が多すぎるんですよ。配達員はもちろんのこと、経理総務業務をする人も雇わないと」

「人件費がまだ……捻出できそうになくて……」

ナギサは震える声でそう伝えた後、無駄に強い眼力で続けた。

「でもほら、僕の労働力なら無料だし！」

「……総務の仕事の雑務、俺にさせてくださいね。買い出しも掃除もやるんで……」

ヨータはさっと顔を背けて、ワーカホリックの眼差しを受け流した。

「そっか。配達員を雇って仕事を増やせば収入が増えて、その辺も解決するってことか……」

ソラは二人のやり取りを眺めながら、ふむふむと頷く。

「恥ずかしいところを見せてすまなかったね。そういうことなんだよ」

ナギサはソラに向き直った。

「というか、こんなところを見てよく不安にならないな……」

ヨータがぽつりと呟《つぶや》くと、ソラはキョトンとしていた。

「生きてればどうにでもなるし、別に平気かなって。それに、俺が配達員になってたくさん仕事をすれば解決するなら早いじゃないですか！」

「まだライドに乗れるかわからないのに、大した自信だな……」

ヨータは呆《あき》れるが、ナギサは嬉しそうに微笑んだ。

「そのポジティブで強靱《きょうじん》な精神は素晴らしい。早速、実技試験と行こうか」

ナギサは二隻のライドの方へと向かった。並んでいるのは、白いライドと空色のライドだ。

「自分のを使っていいですよ。元々、湊さんのライドがトラブった時用の予備機みたいな役割をしてたし」

ヨータは空色のライドを指してそう言った。

「すまないね、瀬戸君。白い方は、君と僕で兼用にしよう」

「そうですね。二人で海に出ることは滅多にないし」

そんなやり取りの中、空色のライドはソラに手渡された。

「わぁ……」

ストリームライドはソラの身長よりも大きく、ずっしりと重い。

遠目で見ると形状がサーフボードに似ていたが、しっかりとした厚みがあるれっきとしたマシンだった。材質は小型船と同じのようで、外界の光を受けて滑らかに輝いている。

「かっけー……」

ソラは思わず呟いてしまう。うっとりとした視線で空色のボディを眺め、美しい曲線をそっと撫《な》でた。

「それじゃあ、ストリームライドの乗り方を教えるよ」

ナギサもまた、白いライドを持って来た。

どうやら、乗り方はサーフボードと同じ要領らしい。しかし、電動モーターが搭載されており、波がなくても自走できるし、進行方向を自由に決めることができるという。操作は体重のかけ方で行うか、リモコンで行うかである。体重をかける方は上級者向けということで、ソラはリモコンを渡された。

「これでライドを操作できるんだ……！」

腕時計のようなデザインの小型のリモコンだ。当然、防水加工はされているという。

「無くすなよ。絶対に腕に巻いておけ」

「まあ、無くしても重心で制御できるから」

慎重なヨータと楽観的なナギサが対照的だ。

「二人はやっぱり、重心制御？」

ソラがリモコンを素直に腕に巻きつつ首を傾げると、二人は首を横に振った。

「重心制御ができるのは、湊君くらいなものさ。彼曰《いわ》く、リモコンだとラグがあるらしくてね。それが煩わしいんだって。僕はサーフィンも趣味だからその要領でやろうとしたんだけど、微妙な差異があって上手《うま》くいかなくてね」

「へー」

やはり、あの漆黒のライダーは凄《すご》いのか。ソラの中で、早く会ってみたいという気持ちが募る。

だが、今はライドの使い方を学ばなくては。

ナギサがリモコンの操作の仕方を丁寧に説明してくれて、ヨータがシステム的なことを補足してくれる。ソラは真剣に耳を傾け、頭の中に叩《たた》き込んだ。

ソラは陸上で念入りに練習し、操作を反復して覚え、ライドに乗った時のイメージが具体的にできるようになった。

「よし。それじゃあ、実際に乗ってみよう」

「やったー！」

ナギサの言葉に、ソラは思わず諸手《もろて》をあげる。

そんなソラに、ヨータがいきなり何かを被せた。

「ぶわっ！　なにこれ⁉」

「救命胴衣。絶対にそれをつけろよ」

ソラがもぞもぞと腕を通すと、チョッキ型の救命胴衣だということがわかった。

「なんか動きにくいかも……」

「仕方ないだろう。命を守るために必要なものだ」

「湊さんは着てなかったけどなぁ」

車窓から見た湊は、漆黒のマリンスーツをまとっていたはずだ。

「あの人は魚並みに泳げるからマリンスーツだけでいいんだ。白波さんも海慣れしててサーファーでもあるからマリンスーツだけど、自分は救命胴衣をつけるよ」

「そっか。それじゃあつける」

「素直でよろしい」

ヨータも泳げるのだが、湊やナギサほどではないらしい。ソラも泳げるが、海は初めてなのでヨータに従った。

ヨータはソラのライドを、ナギサは自分のライドを着水させる。

「それじゃあこれから、停止したライドに乗ってみよう。波でぐらつくから、バランスを取ってみて。難しいだろうし、落ちちゃっても大丈夫」

ナギサは優しくそう言いながら、水面に浮かぶ自らのライドに乗ってみせた。ナギサのバランス感覚は絶妙で、全くふらつく様子がない。

「よし。海原ソラ、行きます！」

ソラは気合い充分で叫ぶと、ナギサのように慎重に片足を乗せてみた。

水面に浮かぶライドは、少し体重を乗せただけで柔らかいゼリーの上にあるみたいに逃げてしまいそうになる。加えて、常に小波《さざなみ》が押し寄せるのでライドは常に揺れていた。

「おおぅ……」

「大丈夫。ゆっくりでいいよ」

ナギサの声に励まされつつ、ソラは片足に体重を少しずつかけ、波の感触を探った。

「ここだ……！」

自分の重心と波が、ぴったりと一致するタイミングがあった。ソラは波の動きに重心を合わせつつ、もう片方の足を乗せる。

両足は更に大変だ。なにせ、自分の体重を全て、ライドを挟んで水に預けてしまうのだから。

ソラは、自らが一枚の板になった気持ちになった。

ライドだけであれば、どんなに小波に揺られようがひっくり返らない。ライドは水と一つになっているのだ。

ならば、自分もライドのようになればいいのだとソラは悟った。

ソラが集中すると、今まで不安定に揺れていた身体がぴたりと安定した。

ライドとともに水の動きに合わせて揺れるソラの姿は、全てと一体になっていた。

「すごい！」

まずはナギサが拍手をした。ヨータはソラの頭からつま先までを眺め、目を丸くしている。

「ド素人なのに……一発で立てた……だと……？　自分はまともに乗れるまで三日かかったのに……！」

賞賛されたソラは、照れくさそうに笑う。

だが、集中を切らした瞬間、ソラの身体は大きくぐらついた。

「うおおお⁉」

「しゃがんで！」

手をばたつかせるソラに、ナギサが叫ぶ。ソラがとっさにライドの上でしゃがむと、身体のぐらつきはなんとか収まった。

「セ、セーフ……！」

「しゃがむと重心がライドに近くなるから安定するんだ。バランスを取りにくくなった時はしゃがむのも有効だよ。あと、風が強いときとかね」

風が当たる面積が大きければ大きいほど、風の抵抗を受けることになる。だから、向かい風の時は姿勢を低くした方がいいという。

「なるほど。船の帆と同じじってことですね！」

「そうそう。追い風の時は立ち上がって手を広げると、風の力でスピードを上げられるかな。ただ、その分バランスを保ちにくいから、自分の技量と相談だね」

ナギサのアドバイスを、ソラは一つ一つ頭に叩き込んでいく。

海でライドに乗って生きていくための大切な知識だ。ソラは真摯に耳を傾けた。

「よし。それじゃあ、次はライドで走ってみよう。ゆっくりでいいから、この舟屋から出てみようか」

「はい！」

ソラは大きな返事をする。ナギサはそれを笑顔で受け止め、リモコンを操作してゆっくりと舟屋を出た。

ソラもまた、リモコンを操作して前進させる。

　すると、波の揺らめきに慣性力が加わった。がくんと膝を押されるような感覚に、ソラはひっくり返りそうになる。

「腹筋に力を入れろー」

　ヨータの声が背中にかかる。ソラは言われたとおり、腹筋に意識を向けた。

　すると、身体が何とか安定する。

「おー、対応が早いな。やっぱり、運動神経がいいやつはそうなのか」

　ヨータは感心半分、羨望半分な声色でそう言った。

　ゆっくりした速度だが、ソラはライドとともに舟屋を出る。すると、太陽の光がソラを歓迎した。

　一瞬だけ視界が白く塗りつぶされるものの、すぐに目が慣れてきた。宝石のように輝く水面を背に、ナギサが笑顔で拍手をしている。

「上手い上手い！　初めてとは思えないくらいだよ！」

「す、すげー……。俺、ライドに乗ってる……！」

　ソラは感動のあまり震えていた。

　ネットの動画やテレビでしか見たことがなかったストリームライドに、今、自分が乗っているのだ。ライドは小さな波を起こしながら、本来、人間が渡れるはずがない水の上を、ソラを運んで走っていく。

ナギサはソラの様子を見て、満足そうに微笑んだ。

「うんうん。実技はいい感じだ。採用して差支えがないほどの実力みたいだね」

「じゃあ、俺はここで働かせてくれるんですか⁉」

「うん。社長として、君を採用したいと思ってる」

「やったー！」

ソラは跳ね上がって喜ぼうとしたが、足場になっているライドが傾きそうになったので、慌てて姿勢を正した。

「ひとまずは、試用期間ということで契約を結ばせてもらおうかな」

「えっ、正式採用じゃないんですか？」

「僕は正式採用してもいいと思っているけど、君にも悩む権利があるからね。弊社で働き続けられそうだったら、三か月後に正式採用としようか」

「悩むことあるかなぁ」

「何事も、やってみないとわからないこともあるさ。選択肢は常に持っておくべきだと思う」

ナギサは笑顔のまま、さらりと言った。妙に実感がこもっていたので、ソラは胸に留めることにした。

「さて、まずは契約を交わすところからかな。でも、もう少し君の実力を見極めたい気もするね。どのレベルの配達業務を割り振れるか知っておきたいし」

「全部やります！　って言いたいとこだけど、気持ちだけじゃどうにもならないところもあるしな……」

「おや。海原君は前のめりになるかと思ったんだけど」

「できないことを無責任に引き受けるなって、親父が言ってたんです」

「経営者の重い言葉だね。良いお父さんだ」

親を褒められて誇らしくなるソラであったが、これからは気を引き締めなくてはいけない。

何せ、社長であるナギサのお墨付きをもらったのだ。採用されたからには、ソラには責任が発生する。会社の一員になった以上、軽率な行動は避けたかった。

両親だって従業員を雇っている。従業員がミスをした時、そのフォローをしている姿をソラは見ていた。

ナギサやヨータ、まだ見ぬ湊に自分の尻拭いをさせたくない。

ソラは気合いを入れ直す。

「おっと、これは……」

ナギサは着信を感じてかスマートウォッチの画面を見やる。

「配達の依頼だ。これはいいかもしれないね」

ナギサはひとりごちると、ソラに舟屋へ戻るよう促す。ソラはこくんと頷き、ナギサとともにヨータが待つ舟屋へと帰還した。

「おおー。ちゃんと戻ってこれるじゃん。その調子だと、フツーに乗れるんじゃないか？」

ヨータは、ひっくり返らずに戻ってきたソラを見て感心する。照れ笑いをするソラの代わりに、ナギサが答える。

「そう。実力として申し分がないと思うよ」

「あと何回か練習したら、簡単な配達を任せられそうですね」

「いや、もう配達を任せようと思う」

「そうですか。配達を……」

オウム返しに言いかけて、ヨータがギョッとした。ソラもまた、自分の耳を疑う。

「配達を任せる⁉」

ソラとヨータの声が重なった。

「い、いきなり⁉」

ヨータがソラとナギサを見比べる。ソラもまた、信じられないといった表情だ。

「大丈夫。配達先は僕の知り合いだよ。ほら、あそこを見て」

ナギサは海の方角を指さした。

すると、立派な橋が架かっているのが見えた。

その向こうには、一艘の小型船がいる。船から釣り竿《ざお》がはみ出しているので、釣り人が乗っているのだろう。

「あそこにいる人たちに、届けて欲しいものがあるんだ」

ナギサはそう言うと、スマートフォンを操作する。その間、ソラはヨータと小型船を眺めていた。

距離はそれほど遠くない。荒川の河口付近のようで、波は比較的安定していそうだ。

「ケータリングですか、白波さん」

ヨータが尋ねると、ナギサはスマートフォンをしまいながら頷いた。

「うん。いつもの頼むってね」

「腹が減ったなら、マリーナに戻ればいいのに。それに、ライドで船の近くまで行ったら、魚が逃げませんかね」

「あの人たちはうちを気に入ってるみたいだしね。顔を見たいんじゃないかい？　コミュニケーションの一環として配達を依頼してるんだと思うよ」

「なるほど。それじゃあ、新人に任せるには丁度いいですね」

ヨータは納得顔だ。

そうしているうちに、インターフォンのチャイムが聞こえた。ナギサはすっ飛んで行ったかと思うと、平たい箱を抱えて戻ってきた。

ふんわりと、肉とチーズとソースが絡み合う食欲をそそる香りがする。

「ピザだ！」

「あたり。うちと連携しているお店のものさ」

ソラが平たい箱の中身を当てると、ナギサが微笑んだ。

「海原君には、これからピザをあの小型船に届けて欲しい。お客さんの名前と注文番号はこっちだから、お客さんに確認してね」

ナギサは名前と注文番号を書いた紙をピザ箱に貼り付ける。

「まずは、海原君の安全を第一に考えて。君は会社の資産だからね。第二に、荷物の安全を確保すること。ご存知の通り、ひっくり返すと形が崩れちゃうから気をつけて」

「はい！」

ソラは神妙な面持ちで、だが元気さを忘れずに返事をする。

「第三に、ケータリングに必要なのは配達の早さだ。遅れれば遅れただけ、ピザは冷めて美味《おい》しさが減ってしまうからね。あと、お客さんのお腹も空いてしまう。お腹が空くと心に余裕がなくなるから、遅れるとめちゃくちゃ怒られることがある」

「気を付けます……！」

空腹の辛《つら》さはソラも知っているので、お客さんに辛い想《おも》いをさせないようにしようと心得る。

やや緊張した面持ちのソラに対して、ナギサは彼を安心させるような笑みを湛《たた》えて言った。

「今回は安全第一を厳守してもらえればいい。第二も大事だけど、万が一、ピザがひっくり返ってしまったり濡れてしまったりしても、返金対応でなんとかなるからね。あと、優しいお得意さんだから、それで機嫌を損ねたりしないはず。僕も全力で謝るし」

「……はい」

返金対応をしたからと言って、全てが元に戻るわけではない。どんなに優しいお客さんでも信頼度は下がるだろうし、そもそも、会社のピザ一枚分の支出を無駄にすることになる。

第二までは死守だ。ソラの胸に、気合いの火が点《とも》る。

荷物の運搬用のバックパックもあるそうだが、バックパック自体がそれなりの重さなので、後ろにひっくり返りそうだと心配になったソラはピザ箱を手持ちにすることにした。

「行ってきます……！」

「うん、頑張って。肩の力は抜いていいよ」

ナギサはのんびりと見送る。ヨータもまた、釘を刺した。

「途中で食うなよ。見張ってるからな」

「う、うん……」

「なんで返事に元気がないんだよ」

「……俺もお腹が空いてきたから」

ソラのお腹から、空腹を知らせる音がする。ピザの美味しそうな匂いは、舟屋の中に充満していた。

ヨータ、そしてナギサのお腹からも、控えめな虫の鳴き声がした。

「……さっさと行け！」

「はい！」

ヨータに追い出されるようにして、ソラはストリームライドに乗り、リモコン操作で走り出した。

がくんと慣性力が働くが、腹筋に力を入れて体幹を意識し、何とかバランスを取る。

先ほどと違うのは、面積が広くて軽いピザの箱を持っていることだ。面積が広いということは風を受けやすく、軽いということは風に煽《あお》られやすい。

「うおおっ……！」

ライドの勢いと向かい風に、さっそくピザの箱がひっくり返りそうになる。

「踏ん張れ、ピザ！」

ソラはピザを鼓舞しながら、自らの片手でピザ箱を押さえる。

両手が塞がっているため、手でバランスを取ることができない。下半身の体幹が頼りだ。今更バックパックを使えばよかったと後悔するが、もう遅い。

ピザ箱を押さえつつ、指を限界まで伸ばして何とかリモコン操作をする。

リモコンでライドの速度を上げることもできるが、速度を上げれば上げただけ、風の抵抗が強くなる。その分、バランスを取るのも難しくなるのだ。

「もっと行けるか……。いや、これ以上は無理か……！」

ソラは、ライドの速度と自分のバランスの兼ね合いを測る。目視の距離と実際の距離は違い、小型船はなかなか近づかなかった。

箱があるとはいえ、海風に当てられているし、早く冷めてしまうかもしれない。

ピザの心配をしたソラは、速度を上げることにした。身体を踏ん張り、空気抵抗に備えようとする。

しかし、次の瞬間にソラを襲ったのは、意外な慣性力だった。

「わわっ！」

ソラは前につんのめりそうになる。ライドが急速に、速度を落としているのだ。

「なんで⁉」

リモコンの液晶画面を見ると、充電マークが点滅している。バッテリー切れが近いのだ。

「うそだろ……⁉」

ストリームライドはソーラーパネルがついているが、たっぷりと時間をかけて充電する必要がある。なにせ、ソーラーパネルから得られる電力よりも、消費する電力の方が多いからだ。

充電が切れれば、全機能が停止する。ピザを届けるのは不可能になる。

もちろん、ライドをあえて停止させ、水上で充電を行うことは可能だ。しかし、そうしているうちにピザが冷めてしまう。

まさか、これもナギサが組み込んでいたことなのか。バッテリー切れを前に、どう判断するか試されているのだろうか。

バッテリーの充電残量を気にしながら慎重に進むか、それともここは一気に進んでしまうか。

ソラは迷う。しかしそれも、一瞬のことだった。

「ちんたら走ってたらピザが冷めちまう！　全力で進むに決まってるだろ！」

ソラはライドを一気に加速させる。

空気抵抗が強くなり、身体全体が煽られそうになる。しかし、足をしっかりと踏ん張り姿勢を低くしながらピザを死守した。

ライドが水しぶきをあげながら、小型船に急接近する。頬に潮の香りが混じった水しぶきを感じると、ソラは海風と一つになれた気がした。

「いっけぇぇぇ！」

小型船の上からは釣り人が呑気《のんき》に手を振っていた。

だが、ソラが疾風《の》のごとき勢いで突進するので、釣り人たちはギョッとした顔で船の縁《へり》から飛び退いた。

小型船まであと少し。

片手でピザの箱をしっかりと持ち、もう片方の手で小型船を掴《つか》もうとしたその時、充電が切れて推進力が落ちた。

「あと少し！　もう少し！」

ライドはわずかな余力で前進し、ソラは全身を最大限に伸ばすことで何とか小型船の縁を引っ掴んだ。

「ギ、ギリギリセーフ……！」

「えらい勢いだったなぁ。っていうか、新人さんかい？」

船に乗っていた数人の釣り人は、しげしげとソラのことを見つめる。

「かもめ配達の海原ソラです。……ピザをお持ちしました！」

ぜぇぜぇと息を切らしながらも、ソラは元気を振り絞ってそう言った。

「そうかそうか。ありがとよ。これが注文番号と名前だ」

釣り人は慣れた様子で、スマートフォンの画面を見せてくれる。ナギサが書いたメモ書きの情報と一致したので、ソラはピザを手渡した。

これで配達完了だ。代金はアプリで決済されるので、直接やり取りすることはないらしい。

「おお！　出来立てじゃないか。いい匂いだ！」

釣り人がピザ箱を開けると、美味しそうな匂いが辺りに立ち込めた。

ピザは少しばかり偏ってしまったが、釣り人たちは気にした様子もない。

「ありがとよ。もう少し粘っていこうと思ったんだが、腹が減ってね。海上じゃ普通の宅配サービスは使えないし、かもめ配達さんがいて良かったよ」

注文した釣り人は嬉しそうにそう言った。仲間たちもまた何度も頷き、皆であたたかいピザを分け合っていた。

その様子を見て、ソラの胸にもまた温かい気持ちが宿るのに気づいた。彼らの笑顔を見ていると、その気持ちが募るのを感じた。

これが、やり甲斐《がい》ということなんだろうか。

こんな気持ちが味わえるならば、もっと仕事をしたいとソラは思った。

「はっ、待てよ」

舟屋に戻ろうとしたソラであったが、自分のライドの充電が切れていることに気付いた。

「まずいぞ。充電がなければ帰れない……。バッテリーに電力が貯《た》まるまで待つしかない……か？」

幸い、天気がよくて太陽燦々《さんさん》だ。太陽光には事欠かないだろう。

「おう、なんだ？　かもめ配達さんの舟屋にだったら、乗せて行ってやろうか？」

釣り人はピザを頬張りつつ言った。

「さ、さすがにお客さんにそんなこと頼めないです！」

船を動かすのだって燃料が必要なはずだ。つまり、タダではないのだ。

「淡水でなら泳いだことがあるので大丈夫。ライドを押しながら泳いで帰ることだってできますし！」

ビート板みたいに押して帰るのもありかもしれない。ソラがそう閃《ひらめ》いた時、ライドのモーター音が近づいてきた。

「ごめん、海原君！」

「ナギサさん！」

「おう、社長！」

釣り人たちが挨拶をすると、「どうも」とナギサはにこやかに頭を下げた。

「ごめんって……どういうことですか？」

「そのライド、充電し忘れてたんだって」

「へ？」

舟屋の方を見やると、中州から土下座をしているヨータの姿が見えた。どうやら、ヨータが充電をし忘れたらしい。ナギサの試験でもなんでもなかった。

「でも、ちゃんと配達できてえらいよ！　三つとも全部守れたね！」

「は、はい！」

ソラはこくこく頷いた。

ソラは無事だ。ピザも無事だ。しかも、温かいうちに届けることができた。

「次からは、僕たちが見えないところへも配達を任せられそうだね。改めて、宜《よろ》しく頼むよ」

「はい！」

ナギサに手を差し伸べられ、ソラは彼の手を取った。

優しげな顔立ちの割には、手が大きくてしっかりしている。サーファーだと言われていたたし、意外と筋肉も凄いのかもしれない。

帰路は、ナギサがソラを牽引《けんいん》することになった。二人は釣り人に暇《いとま》の挨拶をし、釣り人たちは二人に礼を言いながら見送ってくれた。

「海原君、どうだった？」

水を切って波を起こしながら、ナギサはソラに問う。ソラはナギサの手をしっかりと握りつつ、こう答えた。

「充電が切れた時はやベーって思いましたけど、配達は楽しかったです！」

「そうか。どんなところが？」

「俺が配達したもので、人が幸せそうになるところです。こっちまで幸せな気持ちになるっていうか」

「そっか。いいものを得たね」

ナギサは振り返り、柔らかく微笑む。

海辺の日差しのように眩しく、海風のように爽やかだ。

「はい！」

ソラが返事をすると、ナギサは満足そうな顔のまま前に向き直る。それから舟屋に向かって、のんびりと水の上を走った。

江戸川区の方を振り向くと、大きな観覧車が見える。そこに遊園地でもあるのだろうかと思いながら眺めていると水門が見えた。きっとその先に、更に川があるのだろう。

水門のすぐそばには水鳥がぷかぷかと浮いていた。見たことがあるカモもいれば、黒っぽい羽の鳥もいる。カラスにしては首が長いし、くちばしから顔にかけて黄色い。

「あれはカワウだよ」

ソラの視線が釘付けになっているのを察したようで、ナギサは言った。

「ウって、鵜飼《うか》いのアレですか？」

「そう、あの鳥だよ。鴨《かも》と同じく群れを成して行動する鳥でね。よくこの辺を飛んでいるんだ」

「へー。初めて見た……！」

ソラが物珍しげにカワウを眺めていると、足の長い大きな鳥が岸辺に佇《たたず》んでいるのが見えた。

「サギかな」

「そう。アオサギ」

すらりとしたシルエットと、頭が青いのが特徴だ。

「へー！　シラサギしか見たことなかった！」

「アオサギは少し珍しいかもね。シラサギやコサギ、ダイサギもいるから、そのうち会えるかもしれないね」

ソラは初めて会う鳥たちに目を輝かせる。

鳥がこれだけ多いということは、餌が豊富ということだ。だから、釣り人たちも釣りをしているのだろう。

まだまだ、いい出会いがありそうだ。

ソラは期待に胸を躍らせながら、ナギサとともに舟屋へと戻った。


「すまない！　悪かった！」

舟屋に着くなり、土下座のヨータがソラを迎えた。

「そのライド、ずっと充電し損ねていたんだ。というか、自分が乗る時に充電すればいいと思ってた」

「そっか。別に俺は気にしてないけど」

ソラは本当に気にしてない様子だった。

「お前は心が広いなぁ。あれで海の方に出てたら大変だったぞ」

「出てなかったから問題ないって」

ソラはニッと歯を見せて笑う。

「いやはや。お前がいいやつで本当によかった。お前のライド、念入りにメンテしてやるからな」

ヨータはソラからライドを受け取ると、まずは日当たりのいい場所に置き、バッテリーに充電をし始めた。

「さて、海原君は明日から通ってもらうとして、どうするんだい？」

「何がですか？」

ナギサの問いに、ソラは首を傾げた。

「君はどこから通うつもりだい？」

「あ——っ！」

ソラが大声をあげ、ヨータが耳を塞ぐ。

「すっかり忘れてた。俺、住むところがないんだった……」

「賃貸を今から探しても、すぐに入居できるわけじゃないし。うーん」

ナギサはひとしきり唸《うな》ると、決心したように頷いた。

「よし。うちに来なさい」

「えっ、いいんですか？」

「もちろん。いいよね、瀬戸君」

ナギサはヨータに視線を送る。ヨータはソラの大音声にやられた耳を押さえつつ、しぶしぶ頷いた。

「それが一番楽ですしね……。掃除は当番制でいいですよね」

「もしかして、二人は同居してるの？」

　ソラはナギサとヨータを見比べる。

「同居というか、シェアハウスというか。会社でシェアハウス可能な物件を持っていてね。社員寮がわりに使おうと思って」

「へー、すごい！」

「ただし、すごく古い」

　感動するソラに、ヨータは水を差す。

　しかし、ソラは動じなかった。

「古いって言っても、水洗トイレですよね。それなら平気」

「大丈夫のハードルが低すぎないか？　今どき汲み取り式はなかなか見ないぞ」

「うちの近くにはまだ、汲み取り式のトイレや井戸を使ってる家があって……」

　ソラの言葉に、ヨータは眉間を揉《も》んだ。

「……安心しろ。上下水道は通ってる」

「じゃあオッケー！」

　ソラは能天気に諸手をあげて喜ぶ。そんな様子を見て、ナギサもニコニコと微笑んでいた。

「レトロで味わい深い物件だからね。海原君もきっと、気に入るよ」

「物は言いようですね……」

ヨータの呆れたような声は、舟屋に打ち寄せる僅かな波の音にかき消される。

初めての海。初めての仕事。新たな仕事仲間。

そして、憧れのストリームライドに乗った経験と、配達が紡ぐ人とのつながり。

今日の出来事はきっと、この先もずっと宝物のように心の中に残るだろう。ソラは、そう確信していた。

水面は陽光を反射して輝いている。

カモメが一羽、海に向かって飛んで行った。

海から漂ってくる潮の香りが、ソラの新生活を祝福しているように感じた。

第二章　漆黒のライダー

ソラが入社手続きを終えた頃には、終業時間となっていた。

日はすっかり沈み、ナギサは船をあげてヨータは舟屋のシャッターを下ろす。

本来は舟屋にシャッターなどないのだが、高価なものも多いし、防犯上必要だろうということでつけたらしい。

「夜の配達はないんですか？」

「あるよ」

ソラの問いに、ナギサは即答した。

「えっ、だったら、閉めたらまずいんじゃあ……」

「営業時間中に予約があった時だけ対応しているんだ。今日は予約がなかったからね。これで店じまいだよ」

「ああ、なるほど」

ソラは納得するが、それと同時に別の疑問が浮かんできた。

「でも、漆黒の……湊さんが戻ってきてないですよ？」

「湊君は遠くに配達に行ったから直帰なんだ。明日、紹介するよ」

「そっかー」

　ソラはがっくりと肩を落とした。

　何せ、彼のストリームライド捌《さば》きの美しさに魅せられて、かもめ配達までやってきたのだ。挨拶をして、カッコ良かったと伝えて、迷惑でなかったらコツを教えてもらいたい。

　ソラは明日が待ちきれなかった。

「ナギサさん、俺、ここで明日を待ちます！」

「いやいや。君は我々のシェアハウスに案内しないと。オフィスにはシャワーも布団もないし」

「そう言えば、シェアハウスには、湊さんはいないんですか？」

　ソラに問われ、ナギサとヨータは顔を見合わせる。口を開いたのはヨータだった。

「あの人、群れるの嫌いなんだよ」

「一匹狼《おおかみ》ってことか……！　カッコいい！」

　ソラは感動する。

「湊君には湊君の生活があるからね。一人でゆっくりしたいのさ」

　ナギサはそう付け足した。

　どうやら、湊はマイペースな人物らしい。少しずつ人物像が見えてきたお陰で、ソラの楽しみは更に増えた。

「さてと、行こうか」

戸締りを終えたナギサは、ソラとヨータを引き連れて歩き出す。

「シェアハウスって何処にあるんですか？」

「南砂町《みなみすなまち》の方だよ」

ナギサはソラがやってきた江東区の方の岸を指さす。大きなマンションがずらりと立ち並び、遠くには東京スカイツリーが見える。

「南砂町……」

「そう。因みに、対岸は西葛西。清砂大橋を走る列車は東京メトロ東西線」

ナギサがそう説明しているそばから、青いラインで彩られた列車が清砂大橋を走っていった。

「東京メトロって、地下鉄ですよね？」

「そうだよ。南砂町駅から地下に入るのさ。東京の地下鉄は、地上に出たり地下に入ったりするのがあってね。丸《まる》ノ内《うち》線も一部は地上だし」

「ふーん。奥が深いな……」

ソラにとって、東京の全てが珍しかった。身体がもう一つあったら、東京を見て回りたいくらいだ。

「そうだ。シェアハウスはここからちょっと歩くけど、大丈夫？」

「平気です！」

ソラは元気よく答えたが、ヨータはげっそりしていた。

「白波さんも海原も元気だな……。自分は自転車で先に行くよ」

ヨータは、オフィスのそばに止めてあった折りたたみ自転車を担いだ。

そんなヨータに、ソラが声を投げる。

「ヨータさん、俺のことはソラでいいですよ！」

「会って一日でファーストネーム呼びかぁ？」

ヨータは気が進まなそうだ。

「どうせ一緒に住むんだ。いいじゃないか」

ナギサは二人の様子をほのぼのと眺めながら言った。

「はぁ、白波さんがそういうなら……。気が向いた時にでも……」

「やったー！」

ソラは飛び跳ねて喜ぶ。少しだけ距離が縮まったみたいで嬉しくなったのだ。

三人は仮設階段で清砂大橋にのぼり、ヨータは折りたたみ自転車で先に南砂町方面へと消えていった。

よく見れば、清砂大橋を渡るのは自転車が多く、子どもを乗せたママチャリから本格的なサイクリストまでが軽快に風を切っていた。

夜空を背景に、ライトアップされた東京スカイツリーが美しく浮かぶ。マンションの明かりが町を柔らかく照らし、その明るさにソラは目を丸くした。

「東京の夜景は綺麗《きれい》って聞いたけど、明るくてすごいなぁ」

「海原君のところはどうだったんだい？」

ソラの横に並んで歩くナギサが尋ねる。

「夜になると真っ暗でした。駅が多少明るいくらいかな。人の声よりも虫の声の方が大きくて、夜になったら虫の世界って感じでした」

「へぇ、自然が豊かでいいところだったんだね。人は夜に眠る生き物だし、夜くらいは虫に世界を譲ってもいいかもしれないね」

ナギサはのんびりとそう言いながら、長い清砂大橋を渡り切る。

ナギサが入っていったのは住宅街で、大きなマンションのほか、一軒家も建ち並んでいた。ぽつぽつと街灯がつき、帰路につく人々を照らしている。家々からは温かい光が漏れ、子どもの元気な声が聞こえると、ソラは思わず顔を綻ばせた。

「この辺りは江戸時代に埋め立てられたんだ。海抜が低くてね。昔は水害が多かったんだってさ」

ナギサいわく、南砂町駅よりも南はそれよりも新しい埋め立て地で、やや小高くなっているという。

「埋め立てってことは、この辺は海だったたってことですか?」

「そう。宝六島って言われてたらしいから、水産資源が豊富な六つの小さな島でもあったんじゃないかな」

予想だけどね、とナギサは言い添える。

「じゃあ、砂浜だったから南砂町……」

「いや、砂村《すなむら》さん一族が開拓したからだよ」

「人名なんだ⁉」

「うん。町制になった時に砂町になったみたいだけど、砂村さんの名前を残して、砂村町にすればよかったのにって」

「たしかに。砂村さんもまさか、自分の名前が街にランクアップするとは思ってもみなかったろうなぁ」

ソラの感想に、ナギサはくすりと笑う。ソラもまた、つられるように笑った。

初対面だというのに、ナギサは話しやすい相手だ。彼の人柄の良さのおかげか、それとも長の器である者独特の魅力なのか。

「あっ、かもめ配達さん!」

家路をゆくであろう親子が、ナギサを見るなり声をかける。

「この前は有り難う御座いました。お陰様で助かりました」

母親が深々と頭を下げ、子どももつられるようにぺこりとお辞儀をする。ナギサもまた、応じるように会釈をした。

「いえいえ。また何かあったらお声かけ下さい」

「ええ、もちろん」

親子は笑顔を咲かせ、何度も頭を下げながら去っていった。去り際に子どもが手を振ったので、ソラはナギサとともに応じた。

「地元で人気ですね」

「お陰様でね。湊君や瀬戸君が頑張ってくれるから」

ナギサは照れくさそうに、だが、誇らしげに微笑む。従業員を心から頼りにしており、かつ、ナギサ自身が謙虚なのだ。

「俺も頑張らないと」

「そうしてくれると嬉しいけど、まずは仕事に慣れることかな。今日の走りは良かったけど、事前にバッテリーの残量を確認していれば無茶をしなくて済んだんだ」

「た、確かに……！」

「まあ、今日の件で反省すべきは、僕と瀬戸君なんだけどね。何度もライドに乗ってもああいうことがあるから、海原君は次から注意してくれると嬉しい。みんなで目を光らせていれば、小さなミスも減るはずだから」

「はい!」

「おおー。海原君の返事は元気でいいなぁ」

ナギサは嬉しそうに目を細めた。

それから二人は、世間話をぽつぽつとしながら夜の南砂町を歩いた。

時折、ナギサは地元民と思しき通行人に呼び止められる。ナギサはこの町で顔が広いようだった。

大通りに出て、巨大な商業施設を横目に進み、橋を渡ってしばらく歩くと、ナギサは足を止めた。

「さて、着いたよ」

食べ物のいい匂いがソラの鼻孔をくすぐる。ソラは自分のお腹の虫が鳴くのに気づいた。

「砂町銀座……」

アーチ状になった入り口に、堂々とそう書かれていた。

その先には、お店がずらりと並んでいる。飲食店が多いようで、あらゆる食べ物の香りが、空腹のソラを誘惑してきた。

「ここは、砂町銀座。昭和七年から続く商店街だよ」

「昭和七年……⁉　もしかして、戦前から……⁉」

「そうだよ。かつては日本一の商店街だったんだって」

ナギサはそう紹介しながら、商店街へと足を踏み入れる。

ソラはしげしげと辺りを見回した。おにぎり屋さんに焼き鳥屋さんや肉屋さんが並び、魚屋さんやあさり屋さんまであった。

見たことがあるチェーン店もあれば、昔からそこで経営しているだろうレトロな店も多い。それに加えて、道を行く人たちは年輩の人が圧倒的に多かった。

おじいちゃんやおばあちゃんが楽しそうにお喋《しゃべ》りをし、元気に買い物をしているのを見ると、ソラは自分の元気が湧いてくるのに気づいた。

「なんか、パワフルなところですね」

「でしょう。僕はこの場所が好きなんだ。老いることも楽しみになるからね」

つまりは、砂町銀座で元気に買い物をするおじいちゃんやおばあちゃんのようになりたいということか。

ソラの地元の高齢者も朝早くから畑仕事などをやっていて元気だったが、都会でも元気な高齢者が見られるとは思わなかった。

「で、シェアハウスはこっち」

ナギサは、人込みをするすると抜けて、脇道へとそれる。路地に入ってしまうと、商店街の賑《にぎ》やかさは届かなくなり、閑静な住宅街が広がっていた。

ナギサが立ち止まったのは、木造のレトロな家だった。

戦前とまでは言わないが、昭和レトロさを色濃く残した二階建てであった。

「あっ、ようやく帰ってきた！」

二階の窓からヨータが顔を出す。ナギサは軽く手を振った。

「ここ、普通の家っぽいんですけど」

「元は二世帯住宅として使ってたみたいなんだけど、ご高齢のご夫婦が二人暮らしで持て余していたんだ。自分たちは二階建てだと大変だからマンションに住みたかったらしく、子ども世代も家を継ぐつもりがなくて困っていたようだから僕が引き取ったんだよ」

建物は築年数が経っており、ほとんど値段がつかない。土地はそこそこの値がついたが、築古の建物つきでは売り辛かったという。買い手としては建物を解体して新築にしたいのだが、解体費用がかかってしまうのだそうだ。

そのままにしておくと、毎年固定資産税がかかってしまう。自分たちがいなくなったら子どもに相続されるものの子どもは既に自分の家を持っており、負動産になりかねないとのことだった。

「有り難いことに、ずいぶんと安くしてもらえてね。ローンを組まずに買えたんだ」

「へー。ご縁があったってことですね」

ナギサは人間だけでなく、幸運も惹きつけるらしい。

しかし、二階から話を聞いていたヨータは付け足した。

「リノベーションするのに、かなりの労働力を投入しましたけどね」

「その節は、瀬戸君に本当に世話になって……。まあ、僕の労働力は無料なんだけど」

「二人でDIYしたってこと？」

ソラはヨータとナギサの顔を見比べる。

「そういうこと。特に電気関係は、電気工事士の資格がある自分が弄《いじ》りまくったんだ。有り難く光を浴びるんだな」

ヨータは誇らしげにそう言った。

二人の手が入っているということで、ソラはがぜん、興味が湧いてきた。ナギサが玄関の扉の鍵を開けるなり、元気いっぱいに飛び込んだ。

「お邪魔します！」

まずソラを迎えたのは、砂浜のように白いクロスと柔らかい光のダウンライトだった。

家の中から、ほのかに潮の香りがする。靴を脱ぎ、潮の香りに導かれるように歩いて行くと、そこには広々としたリビングダイニングがあった。

「す、すげー！　広い！」

「居間と仏間とキッチンを繋げたんだよ。ここで、社員みんなで食事ができたらいいなと思って」

ソラは、ざっと二十畳近くあるリビングダイニングを見回した。ところどころに柱があるが、それが元々の部屋の境界だったのだろう。

頭上にはシーリングファンが回り、リゾートのような雰囲気だ。カウンターキッチンも白で統一されており、室内は明るい雰囲気だった。

「これ、ナギサさんとヨータさんがやったんですか⁉」

「うん。電気関係は全部瀬戸君だけど、力仕事は頑張ったんだよ」

「へー！　ヤバいですね！」

興奮のあまり、ソラの語彙は消失していた。

だが、目は口ほどに物を言うという。ソラの尊敬の眼差しが、彼の気持ちの全てを物語っていた。

一階は主に共有スペースで、風呂場とランドリーもあった。個々の部屋は二階にあるというので、レトロで狭い階段を登って二階へと向かう。どんなにリノベーションをしても建物の古さは誤魔化せないようで、木造の階段はミシミシと音を立てていた。

「空室は今のところ二つあるからね。海原君はこちらを使うといい」

ナギサは、ヨータの隣の部屋をあてがった。

個室は六畳ほどの洋室だ。ベッドとサイドテーブルがぽつんとあるだけだが、家具は好きに足していいという。

因みに、ナギサの部屋は向かい側にあるそうだ。それぞれの部屋に鍵がついているが、ナギサは基本的に鍵をかけないという。

「何かあったら、遠慮なく部屋に来ていいよ。会社のことでも、私生活のことでも相談に乗るし」

「ありがとうございます！」

ソラはナギサに自室の鍵を渡される。

「あと、この家にはいる時は『お邪魔します』じゃなくて『ただいま』だね」

「あっ、そうか！」

ソラはハッとした。この家が、自分の新しい場所なのだ。

「冷蔵庫にある食べ物は、名前が書いてあるもの以外なら自由に食べていいよ。キッチンも好きに使っていいから」

「やったー！」

「名前入りのやつ、食べたら絶交だからな」

いつの間にか、ヨータが部屋の前に立っていた。

だが、厳しい表情で警告するヨータとは裏腹に、ソラはヨータに飛びついた。

「隣の部屋ですね！　今日から宜しく！」

「お、おう……」

スキンシップに慣れていないのか、ヨータは緊張したようにぎこちなく、ソラをそっと引き剝がす。

「自分は鍵をかけてるから……用があったらノックするように」

「わかった！　……いや、わかりました！」

丁寧語に言い直すソラを見て、ヨータは溜息を吐いた。

「お前、無理して丁寧語を使ってるな？」

ヨータにズバリ見抜かれたソラは、気まずそうに後頭部を搔《か》く。

「ヨータさんの方がちょっと年上っぽいし、先輩だから丁寧語かなって……」

「いいよ、別に。さん付けも丁寧語も」

「えっ？」

目を丸くするソラに、ヨータは繰り返した。

「聞こえなかったのか？　さん付けも丁寧語もいらないって言ったんだ。不自然な言葉ほど気持ちが悪いものはないし、早く打ち解けて戦力になって欲しいしな」

社長に無理をさせないためにも、とヨータは小声でつぶやく。

「やった！　太っ腹！　ありがとう、ヨータ！」

ソラは全身全霊で体当たりをせんばかりにヨータに抱き着く。ヨータは「ぐえっ」と悲鳴を上げた。

ヨータを抱いたところで、ソラのお腹が猛烈な音を出して唸る。二人の様子を微笑ましげに見ていたナギサは、くすりと笑った。

「今日は二人とも頑張ってくれたし、僕が腕によりをかけて夕飯を振るまおう」

「本当ですか⁉」

ソラが目を輝かせる。

「海原君の歓迎会も兼ねてね。少し時間がかかるから、それまでは自由にしていていいよ。入用なものがあったら、商店街で買ってくるといい」

「はい、わかりました！」

ソラの返事は、昭和レトロなシェアハウスに響き渡る。ソラの声を間近で受けたヨータは、鼓膜が吹っ飛びそうになった耳を押さえていた。

ソラは自分のものをほとんど持たずに東京に来てしまった。

あまりにも考えなしだとヨータに呆れられつつ、商店街の中にある店に案内してもらった。日用品が一通り揃《そろ》う場所のようで、ソラは歯ブラシと着替えを買う。

「近所にはもっと大きなショッピングモールがあるから、多少洒落《しゃれ》たものが欲しかったらそっちを案内するよ。渋谷《しぶや》の１０９に行きたいとか、原宿《はらじゅく》系ファッションをしたいっていうのには協力できないけど」

よくわからないから、とヨータは付け足す。

「大丈夫。着られればなんでもいい」

「もう、葉っぱでいいんじゃないか？」

潔すぎるソラを前に、ヨータは冗談を零《こぼ》す。しかし、ソラは知見を得たと言わんばかりの顔になった。

「それだ！」

「それじゃない！」

「葉っぱの服だったら地球にやさしいし！」

「サステナブルな社会って、原始に戻るって話じゃないからな⁉」

ヨータは目を剝いた。

すると、ソラはあることを思い出す。

「そう言えば、ストリームライドもサステナビリティがどうのってニュースで言ってたような」

「ああ。一応、太陽光発電パネル付きだからな。風力式のタイプもあるんだよ。けど、あっちは充電できないから、もう作ってないみたいだ」

「もっと充電できて、どこまでも行けるようになればいいのにな」

「その気持ちはわかるけど、不自由なくらいが丁度いいのかもしれないぞ。湾岸エリアを走るくらいならともかく、沖の方は危ないんだ。トラブルがあっても、救助が難しいし」

「あっ、そうか……」

海というのは陸地と違い、容易に立ち入れない場所だ。

しかも、波があるので流されてしまう。万が一、マシントラブルで立ち往生してしまった場合、救助を呼ぶのも一苦労だ。

「お前は調子に乗って沖まで行きそうだから心配なんだよな。航行禁止区域もあるし、気を付けろよ」

「う、うん」

ソラは頷くものの、テンションが高くなると周りが見えなくなるのを自覚しているので、頷きはぎこちないものだった。ヨータはそれを心配そうな眼差しで見つめる。

「湊さんは……」

「ん?」

「湊さんくらいの人なら、沖に出ても平気なのかな」

「ハッ、何を言い出すかと思えば。君子危うきに近寄らないんだよ。よっぽどの理由がない限り、自分から行かないだろ」

「そっかぁ」

技術が高ければ問題なく沖に行けるというわけではないらしい。

「沖は大型船の航路にもなってる。大型船からライドは見えないし、大型船が起こす波でライドはひっくり返るからな。絶対に近づくなよ」

「うん、わかった」

ソラは神妙に頷いた。

「沖に行きたいなら、白波さんに相談してみな。あの人のローンが残ってる船で行けるはずだから」

ヨータはさり気なく世知辛い事情を入れつつ、ソラにアドバイスをした。舟屋に停泊していた小型船は、ナギサのものらしい。

左右前後、どこを見ても海と空。真っ青な世界に、ソラは憧れを抱いていた。

「ナギサさん、船を持ってるなんてカッコいいね。事業のために買ったの?」

ソラが尋ねると、ヨータは首を傾げて唸った。

「半分は事業のため。半分は趣味だろうな」

「趣味って？」

「釣りだよ」

要は、ナギサもまた、ピザを頼んだ釣り人たちの仲間ということか。

「白波さんがシェアハウスをしているのには、裏の理由があるんだ」

「……どういうこと？」

裏の理由と聞いて、ソラは神妙な面持ちで耳を傾ける。

「あの人、大漁の時に魚料理を食べてくれる誰かを探してるんだと思う。今日もきっと、先日釣ってきて冷凍していた魚を使うんだと思うぜ」

「タダでナギサさんが釣った魚を⁉　それってすごいじゃん！」

「感動できるのは最初だけだ。魚料理が一週間続いた日には、魚の姿すら見たくなくなるぞ」

ヨータの予想は的中した。

帰宅したソラとヨータを待っていたのは、ナギサが釣った季節の魚のフルコースだった。

翌日、目が覚めたソラは見知らぬ天井に驚いた。

「そう言えば、かもめ配達に就職したんだっけ……」

ベッドから身体を起こし、枕元にあったスマートフォンを手に取る。すると、父親と母親からのショートメッセージが来ていた。

いずれも、ソラの就職を祝うものだ。

ソラはナギサの魚のフルコースを平らげた後、ナギサとヨータとともに記念撮影をし、両親に就職した旨を送ったのだ。そのあと、一日でいろいろありすぎたため、ぐっすりと眠ってしまったのだが、両親は喜んでくれたらしい。

「よし、頑張ろう！」

ソラは自らに気合いを入れ、着替えて一階へと向かった。

「おはよう、海原君」

キッチンでは、ナギサが朝食を作ってくれているところだった。ふんわりと優しいみそ汁の香りがする。

「おはようございます！」

「元気でよろしい」

声を張り上げるソラに、ナギサは微笑む。

「朝食もナギサさんが作ってくれるんですか？」

「朝にやらなきゃいけない仕事がない時はね」

「……何か手伝えることはありますか？」

ナギサの業務は膨大だということは昨日聞いた。

シェアハウスでも朝夕と食事を作っているなんて大変だ。自分も労働力として手伝えないかとソラは思った。

「自ら仕事を引き受けようなんてえらいね。それじゃあ、ダイニングのテーブルを拭いておいてくれるかな。その後、ヨータ君を起こしてきてほしい」

「はい！」

ソラはしゃきっと背筋を伸ばす。

「朝から元気だね。羨ましいよ」

「ナギサさんも朝食を作るくらいだし、元気だと思いますけど」

ソラは、ナギサから布巾を受け取りつつ、不思議そうに首を傾げた。

「コーヒーを飲んで、小さな業務を終わらせて、ようやく目が覚めたって感じだよ」

「えっ、それじゃあ、俺よりも早く起きてたんですか⁉」

「まあ、五時くらいには」

まだ、日が昇るか昇らないかという時間である。

「そんな時間から仕事を……。仕事、好きなんですね」

「好きっていうか、まあ、そうかな」

ナギサは否定しかけるものの、結局は肯定する。ソラはダイニングのテーブルを丁寧に拭きながら、耳を傾けた。

「社会に貢献できてるっていう実感がいいよね。かもめ配達はストリームライドの実証実験を兼ねた事業だし、この辺りに張り巡らされた水路のように、人と人を繋げることができるし」

「ナギサさんは、社会貢献がしたいって感じですかね」

「そうだね。誰かの役に立ちたいんだ。自分の仕事で人の生活が豊かになるなら、それほど嬉しいことはないよ」

そう言ったナギサの声は躍っていた。心の底から思っていることなのだろう。

「誰かの役に……か。カッコいいなぁ」

「そうかな？　役に立ちたいっていうのは、結局のところ僕のエゴだしね。他者に依存したエゴは業が深いと思うよ」

「そうなんですか？」

エゴとか業とか、ソラはあまり使い慣れていない言葉だ。

首を傾げるソラに、「そうだよ」とナギサは頷く。

「海原君は、どうして仕事をしようと思ったんだい？」

「うーん。両親に自由な生き方を探せって言われたからですかね。あと、ストリームライドに乗りたかったし」

「ご両親が探せと言ったのは自由な生き方であり、働き方じゃないんだよ。それに、ストリームライドに乗るには、かもめ配達の従業員にならなきゃいけないわけじゃない」

ストリームライドは、大変高価だが市販もされていた。数が限られているし短時間だが、レンタルができるところもあるという。

ソラは、自分が挙げたいずれの理由も答えになっていないことに気付いた。

「じゃあ、何だろう。直感……？」

「直感で弊社を選んでくれたなら光栄だよ」

ナギサはくすりと笑った。

「こうしてナギサさんやヨータと会えたし、入ってよかったなとは思うんですよね。かもめ配達じゃなければ、二人に会えなかったじゃないですか」

ソラはそう言いながらも、結果論だということを自覚していた。

ソラにとっての自由な生き方というのは、自由に就職先を選ぶということなんだろうか。

ナギサの言う通り、自由な生き方をするならば就職以外にも道がある。ライドに乗りたいなら、他にもやりようがある。

ソラはふと、漆黒のライダーを思い出した。彼が自分を導いてくれたから、かもめ配達に辿り着いたのだ。

「かもめ配達に来たのは、運命の出会いみたいなものかな……」

「その運命が君にとっていいものであることを願うよ」

ソラの独り言に、ナギサは優しく言葉を重ねた。

「どうして仕事をするのか。それは仕事をしているうちに見えてくるかもしれないね。海原君は直感的なようだから、言語化できていない何かがちゃんとある上で道を選択しているのかもしれないし」

「そう……ですかね」

直感的だというのはソラ自身も認めていることだった。学生時代、友人たちからよく言われていたからだ。それと同時に、考えなしとも言われていた。

ソラは考えるより先に身体が動いてしまうタイプだし、何も考えていないかもしれない。

「ま、何でもいいか」

何も考えずに就職をしたとしても、仕事をしていく中で理由を見つけられればいい。

ソラは、ポジティブに考えることにした。

テーブルを綺麗にしたソラは、二階の自室でまだ寝ているヨータを起こしに行く。

挨拶とともに鍵がかかった扉を叩くと、中から寝言みたいな応答が返ってきた。また眠ってしまった気配を感じ、ソラは更に扉を叩く。

「まったく……朝から元気だよな……」

現れたのは、髪がぼさぼさのヨータだった。

まだ寝間着姿で、半分眠っているみたいだった。

「二人とも、ご飯だよー！」

一階からナギサの声が聞こえる。

「ご飯だって、ヨータ！」

「聞こえてるって。着替えさせてよ」

ヨータはのそのそと自室に戻って着替える。一階からは、香ばしい焼き魚の匂いが漂っていた。

なんだか、家族が増えたみたいだ。

ソラは胸に温かいものを感じながら、着替え終えたヨータとともに一階へと向かった。

砂町銀座から、かもめ配達までは遠い。

自転車通勤をしているヨータですら、遠いと感じているようだ。

本来ならば、徒歩で通勤する距離ではない。しかし、ナギサは体力づくりのためと称して徒歩だった。

「お前は自転車を買ったほうがいいぞ」

ヨータはソラにそう言って、先に会社へと向かった。

「さて、僕たちも行こうか」

ナギサはそう言って、ゆるゆると歩き出す。

本人は穏やかな雰囲気で歩いているので散歩のようであったが、足が長くて意外と早足で、ソラは大股でついていった。

「ウォーキングは仕事前のウォーミングアップにいいからね。今日は荒川の河川敷を行こうか」

「はい！」

ナギサは、昨日とは違うコースを選んだ。

昔の面影を残す町並みをしばらく行くと、大きな土手が視界を遮る。

荒川の堤防だ。

階段から堤防を駆け上がると、幅広い河川敷が窺えた。

緑に囲まれた道路では、ジョギングをする人やサイクリストが走っている。朝早いというのに、河川敷は賑わっていた。

燦々と降り注ぐ朝日が心地いい。荒川を駆け上がってきた海風が、ソラの髪を煽った。

「みんな、朝から元気ですね。俺も元気が湧いてきた！」

「元気な人たちを見ていると気合いが入るよね」

ナギサは、やる気のソラに頷きながら河口付近を目指す。

「昨日も思ったんですけど、この辺の人ってアクティブですよね。釣り人も多いし」

「江東区は、二十三区内の中では水が多くて自然が豊かな方だからね。それに、都心に比べて人が密集していないし、身体を動かしやすいのさ、きっと」

ナギサいわく、江東区はほとんどが埋め立て地で、それゆえに運河が多い。砂町銀座がある下町の方は、江戸時代に作られた運河の名残りもあるそうだ。

「江東区はほぼウォーターフロントといっても過言じゃない。水と親しい町なんだよ」

「それじゃあ、ストリームライドが入りたい放題ですね！」

「そういうこと。江戸の頃に使われていた運河は今、ほとんど活用されていないから勿体《もったい》なくてね。江東区は何とか活かせないかって試行錯誤しているんだよ」

かもめ配達の事業もまた、その試行錯誤の一環なのだ。

「そして、江東区はスポーツにも力を入れてるからね。アクティブな人が多いのは、そういう人が集まる場所だからかもしれない」

「えっ、そうなんですか？」

ソラは目を丸くする。

そう言えば、ソラは江東区のことをあまり知らない。海沿いにあるというのは、なんとなく聞き及んでいたのだが。

「江東区は東京オリンピックでも使われた大きな競技場を持っていて、プロのスポーツ選手が特訓することもある。あと、ゴルフ場やキャンプ場もあるし、サイクリングを楽しめる道もあるし、釣りができる場所もある。アウトドアな趣味をとことん楽しめるんだ」

「おお……！」

ソラは感動して、思わず目を輝かせる。

「休みの時はこの辺りを散策してみるといいよ。海原君が希望するなら、僕が案内してもいいし」

「ありがとうございます！　めちゃくちゃ楽しみです！」

まだ見ぬものに溢れていると思うと、ソラの胸は躍った。そんなソラを見て、ナギサも楽しそうだった。

「ストリームライドは、いずれ、マリンスポーツの一環として世の中に広げられないかって区や都は思っているんじゃないかな。安全性を確認したり、懸念点を挙げたりするのに、かもめ配達の事業は役に立っているんだと思う」

「自転車みたいに荒川を疾走するストリームライドを見られる日が来るかもしれないと思うと、胸が熱くなりますね！」

今まさに並走した三台ほどのサイクリストを見送りながら、ソラは興奮する。あんな風に、並走しながら水を切るライダーが見られるかもしれないのだ。

「そうだね。そのために、日々の業務をしっかりやろう」

「はい！」

「かもめ配達で見つけた、ライドの良いところと悪いところは、定期的に行政に提出しているんだ。昨日の充電切れのことも報告するつもりだよ。いざ、一般の人が使う時に充電切れになると大変なので、対策が必要だってね」

「充電がなくなると、ただの板ですもんね……」

ソラは昨日の充電切れ事件を思い出して震える。

配達は完了したものの、ナギサに牽引してもらうか再度充電するかしか帰れなかった。あれがナギサの目の届かないところで、しかも、太陽光がない夜間に起きたらと思うと恐ろしい。

荒川に横たわる葛西橋を通り過ぎ、しばらく行くと清砂大橋が見えてくる。清砂大橋を渡ると、会社はすぐだ。

中州にある会社の前にはすでに、ヨータの自転車が停《と》められている。その隣には、見慣れない真っ黒な自転車があった。

「湊君、もう来てるみたいだね」

「えっ、あの漆黒のライダーが⁉」

ようやく会える。ソラを導いた、カラスのような漆黒のライダーに。

気付いた時には、走っていた。

ソラは中州に通じる階段を駆け下り、舟屋オフィスへと猛進する。

会社の入り口の鍵は開いていた。ヨータが既に開けたのだろう。

「おはようございます！」

ソラは勢いのままに扉を開き、漆黒のライダーの姿を探す。二階の事務所の方にはいない。ならば、舟屋だろうか。

ソラが舟屋に向かおうとしたその時、黒い人影がぬっと現れた。

「うわっ」

ソラは立ち止まることができず、人影にぶつかってしまう。

「す、すいません！」

反射的に謝るが、人影は微動だにしなかった。

目の前にいるのは、新月の夜空のような黒服に身を包んだ烏羽玉の髪の青年だった。凛々《りり》しい容姿と、すらりとした体型には見覚えがある。

「漆黒のライダー！」

「………………」

ソラは思わず指さしてしまうが、相手は無言だった。それどころか、表情一つ動かさない。ただ口を堅く結んだまま、ソラのことを眺めていた。

「えっと……すいません、指さしちゃって」

睨《にら》まれているのだろうかと思ったソラは、慌てて手を引っ込める。だが、相手は無言かつ無表情であった。

「海原君」

背後からナギサの声が聞こえた。ソラに追いついたナギサは、目の前の青年を指し示した。

「彼が湊カイト君。かもめ配達の配達員にして、凄腕のライダー。そして、君の先輩だよ」

「海原ソラです！　よろしくおねがいしますッ！」

憧れかつ運命の出会いのきっかけとなった相手に対して、ソラは全身全霊の礼を込めて頭を下げた。

「……どうも」

一方、カイトは無表情のまま、ぽつりとそう言っただけだ。

あまりにも素っ気ない反応だ。

「海原君は、昨日入社したばかりなんだ。でも、ストリームライドを乗りこなせていてね。君と同じ配達員を任せたいと思うんだ」

「そうか……」

カイトの反応はドライなものだった。熱が入ったソラとは正反対である。

「何か、質問や意見はあるかい？」

「別に」

ナギサに問われ、カイトは静かに首を横に振った。ソラには興味を失ったのか、それ以降、一切目を合わせようとしなかった。

それから、ナギサと二言三言かわすと、カイトはその場から去っていった。

ナギサは笑顔で見送るが、ソラはぽかんとしていた。虚《むな》しさと呆気《あっけ》なさがその場に漂っていた。

「俺……嫌われてます？」

開口一番に飛び出たのは、そんな一言だった。

「まさか」

ナギサは苦笑する。

「湊君は少し不器用なんだよ。君のことを嫌っていたら、質問や意見を言うはずだからね」

「そうですか。……それならいいんですけど」

どうも腑に落ちない。目を合わせてくれたのは初対面の時だけで、あとはナギサの方を向いていた。

嫌われていないのならば、どうして存在を無視されるのだろうか。

「はっ！　もしかして、興味を持たれてない⁉」

無関心。その感情が、カイトの冷めた目にぴったりだった。

「それは……どうだろうね。湊君は独特の価値観を持ってるからなぁ」

ナギサは否定しない。興味を持たれていない可能性があるのだろう。

「なんてミステリアスな人なんだ……。流石《さすが》、一筋縄ではいかないぜ……」

ソラは額にじっとりと滲《にじ》んだ汗を拭う。

「すまないね。湊君もいい人なんだけど」

「とんでもない！」

カイトに代わって謝罪するナギサに、ソラは首をブンブンと振った。

「ミステリアスキャラの方がカッコいいですから！　それに、何とかして興味を持ってもらおうって気になりました！」

何とかしてカイトの視界に入りたい。ソラの脳裏に、新たなミッションが生まれた。

斜め上の方向に燃えるソラを見て、ナギサは苦笑する。

「まあ、ほどほどにね」

なんにせよ、これでかもめ配達のメンバーが揃った。波乱の気配を残しつつ、かもめ配達の一日が始まる。

ソラはまず、かもめ配達のアプリをスマートフォンに入れるよう指示された。

どうやら、かもめ配達の配達員の位置とお客さんが指定した位置がわかるようだ。

アプリの地図の真ん中には、ソラの現在位置を示すマークが表示されている。

「これは配達員モード。お客さんには別のモードが用意されているんだ」

ヨータがアプリの説明をする。どうやら、彼が開発したらしい。

「めちゃくちゃハイテクだ！　こんなの作れるなんて、ヨータは凄いね！」

「こんなもの、どうってこともないさ」

尊敬の眼差しを向けられたヨータは、得意顔になる。

「お客さんには、配達員の位置がわかるの？」

「そう。ウーバーとかでよくあるやつさ。それに、ライドは陸上を走れないから、場合によってはお客さんに来てもらう必要がある」

「はっ、成程……！」

ストリームライドには致命的な弱点があった。それは、水がない場所ではただの板になってしまうということだ。

「ウォーターフロント専門っていうのは、そういうことだ。道路の交通渋滞は全く関係ないけど、力が及ばない場所もある」

「もし、そんなところにいるお客さんから配達を頼まれたら……」

「大丈夫。アプリで注意書きが出るようになってるし。あと、社長が事前にチェックしてくれるから」

ナギサはオペレーターも兼ねていると言っていた。彼が選別してオペレーションしてくれるなら頼もしい。

「お客さんから依頼が来て、白波さんがそれを各配達員に割り振るっていう流れだな。仕事が割り振られたら、まずは荷物を取りに行く。それから、荷物を配達先に持って行くんだ」

ヨータはテキパキと教えてくれる。ソラもまた、アプリを弄りながら話に耳を傾けた。

「この地図にある、赤いラインは？」

アプリの地図機能を眺めていると、海に引かれた赤いラインが気になった。基本的には沖の方に引かれているが、街中に少しと、荒川河口の東側に大きく囲まれた場所があった。

「ここから先は進入禁止。もしくは、ライドで行くと危険な場所だ。沖なんか、充電が切れて大変な目に遭う可能性もあるからな」

充電切れをすでに体験したソラは、軽く震える。

「じゃあ、ここは進入禁止ってことかな」

荒川河口の東側にある赤いラインに囲まれたエリアを指さす。三日月みたいに変わった形の陸地が二つあり、その周りを囲っているのだ。

「そこは葛西臨海公園だ。自然保護のために徒歩ですら入れない場所もあるから気を付けろ」

「へぇ、公園なのか」

「水族館や観覧車がある面白いところだ。湊さんはその近くに住んでるから、詳しく知ってるだろうな」

ソラは、昨日何度か見た観覧車のことを思い出す。あの巨大な観覧車が、赤いラインの近くにあるのか。

「その辺は保護されている上に、水深が浅いからな。干潮になると干潟になるくらいだ。万が一、ライドで入ったら座礁する可能性もある」

「そっか。気を付ける」

「更に千葉方面に行くと東京ディズニーランドが見える。ディズニーに気を取られすぎて葛西の干潟に突っ込まないように」

「……う、うん」

ソラはぎこちなく頷く。ディズニーどころか、初めて見るものに目を奪われて、いつの間にか侵入しているかもしれないと思ったからだ。

「アプリの機能はこんなもんかな。あと、緊急用のボタンはこっち。充電が切れたり迷ったり、転覆したりしたら教えてくれ」

「ありがとう。わからなくなったら、また聞きに来ていい？」

「ああ。実際にやってみないとわからないこともあるしな。あと、バグが見つかったら教えてくれ。それも潰すから」

ヨータの言葉に、ソラは頷いた。

「さて、アプリの説明は終わったかな？」

ソラがヨータのレクシャーを受けていた舟屋に、ナギサとカイトが入ってくる。カイトは相変わらずの無表情で、ソラとヨータが目に入っていない様子だった。

ヨータは、そんなの慣れっこと言わんばかりにナギサに報告する。

「終わりました。すぐに百パーセント理解するのは難しいと思うんで、疑問が浮かんだ時には都度、相談してもらうってことで」

「それがいいだろうね」

ナギサはこくんと頷くと、無表情のカイトの両肩に手を添え、ぐいっとソラの方を向けた。

「それじゃあ、海原君。慣れるまでは湊君と組んでくれるかな」

「えっ、あっ、はい！」

ソラの戸惑いが露骨に出てしまう。しかし、カイトはどこ吹く風だ。

上手くやれるだろうか。

ソラの青空のような心に暗雲が過《よ》ぎる。

ソラは元々、他人の顔色をそれほど窺う性格ではない。しかし、そんなソラですら、カイトの無表情っぷりは難解だと思っていた。

ヨータはすぐに表情が変わるのでわかりやすい。ナギサは穏やかな人柄がビシバシと伝わってくる。

だが、カイトはよくわからない。何を考えているのか、どんな人柄なのか。

ナギサが認めた人物なので、とんでもなく難があるというわけではなさそうだが。

「湊君も、それでいいね?」

「ああ」

カイトは静かに頷く。

迷惑だと思っているのか、それとも歓迎しているのか、もしくは、何の感情も抱いていないのか。カイトの心は新月の闇のようだ。

だが、ここで躊躇《ちゅうちょ》しているのはソラらしくない。

ソラは自らを鼓舞し、堂々と胸を張って右手を差し出した。

「カイトさん、宜しくお願いします!」

「俺はウォーミングアップをしてる。配達の依頼があったらすぐに出る」

カイトはソラの右手をすり抜けて、ナギサに声を投げて自らのライドのもとへと向かう。

ソラは、右手を差し出したまま固まっていた。

「……まあ、頑張って」

ナギサは、二人の様子を見て苦笑する。

ソラはしばらくの間、行き場のない手をさ迷わせていたのであった。

それから、簡単な配達依頼が届いた。

ソラは舟屋へ行き、めげずに元気いっぱいに声を張り上げる。

「カイトさん、行きましょう！」

だが、カイトは既にライドに乗っていた。今にでも出発できる状態だ。

そう言えば、ウォーミングアップをしていると言ってたっけ。

ソラは数分前にカイトが言っていたことを思い出す。彼は、いつでも出られるように待機していたのだ。

「ちょ、ちょっと待ってくださいね」

ソラは慌てて、立てかけてあった空色のライドを運ぶ。カイトはソラの方を振り向かず、荒川の方を見ているだけだった。

早く準備をしないと置いて行かれる。

そんな危機感から、ソラの足がもつれて転びそうになる。

「うわっ……！」

「危ない！」

ライドを支えたのは、近くでメンテナンス作業をしていたヨータだった。必然的に、ライドを手にしていたソラも支えることになる。

「あ、ありがとう……！」

「お前じゃなくてライドを庇《かば》ったんだ。怪我《けが》はないか」

毒づきながらも、ちゃんとソラの心配をしてくれるヨータの優しさに、ソラは涙をこぼさんばかりに感激する。

「お前は慣れてないんだから、声をかけてくれれば手伝うよ」

「でも、早く一人でできるようにならないと……！」

「何を焦ってるのか知らないけど、急がば回れっていうだろ？」

ヨータはソラとともに、ライドを着水させる。ソラは救命胴衣を着込み、ライドの上に足を乗せた。

波の独特の感触があるものの、問題なく全体重を掛けられる。

「上手いじゃん。二回目にしてここまでバランスが取れるとはな」

ヨータの賞賛が温かくて嬉しくなるソラであったが、ここで満足していられない。

ソラがリモコンを腕につけた瞬間、待機していたカイトはライドを発進させた。

「おおおっ！」

風と水しぶきが勢いよくソラの頰に当たる。カイトの背中は、あっという間に舟屋から消えた。

「早くいかないと……」

「お前は無茶するな。あの加速は湊さんぐらいしかできない」

焦るソラをヨータが止める。

「アプリを使えば、配達員はお互いの位置がわかるんだ。湊さんの姿を見失っても、アプリで確認すればいいだろ？」

「……うん」

でも、置いて行かれたくない。

そんな一心で、ソラはライドを発進させる。

舟屋から出ると、視界いっぱいの大空と荒川がソラを迎えた。

その真ん中に、漆黒の点が一つ。カイトだ。

カイトはソラが出てきたのを確認するなり、水を切ってライドを疾走させた。

どうやら、一定の距離以上離れないようにしてくれているらしい。だが、彼の走りに容赦はない。

ソラも両足でバランスを取り、カイトの後を追った。

加速をさせた時の負荷のかかり方は知っている。充電切れになった時の猛ダッシュを思い出しながら、ソラはライドを加速させた。

「気持ちいい……！」

風と一つになった気がした。

水しぶきが容赦なくかかり、水の中を走っているような感覚になる。

カイトの軌跡は実に優雅で、白波が美しい曲線を描いている。ソラもまた、その軌跡をぎこちないながらもなぞった。

カイトが水の上を駆けると、近くを飛んでいた鳥の群れがつられるようにその後を追った。

羽が黒く嘴《くちばし》が黄色いその鳥は、カワウだ。

「わあ……」

ソラはカイトの後を追いながら、カワウの群れと並走する。カワウを間近でよく見れば、なかなかユニークな顔をしていた。

カワウの羽音が耳の横を通り過ぎ、ソラは飛び去る彼らを見送る。

そうしているうちに、カイトは江東区側の岸に向かっていた。

岸をよく見ると、作業員らしき服装の男性が何やら小脇に抱えられるほどのダンボールを手にして待っている。

彼はカイトとソラを見るなり手を振ってくれた。アプリと照合してみると、今回のお客さんのようだった。

カイトは岸に急接近し、ソラもまた接岸の準備をする。

だが、あろうことか、カイトはライドに乗ったまま、男性に向けて両手を突き出した。

「えっ、まさか……」

男性の方も慣れた様子で、荷物を放り投げる。

あわや荒川に落ちてしまうのではないかというところで、カイトが見事にキャッチした。

「ええええっ⁉」

中身は恐らく、放り投げても大丈夫なものだろう。だが、ライダーに放り投げられても受け取れるほどの技量がなければ、荷物は荒川の藻屑《もくず》である。

「頼んだよー、かもめ配達さん！」

男性は陽気に手を振ったかと思うと、工業地帯と思しき堤防の向こうへと戻っていった。

カイトは頷くと、荷物をバックパックに放り込み、方向転換して上流へと向かう。

その間、アプリでは荷物の受け取り手続きが完了していた。荷物を受け取って、すぐに処理したのだろう。

「そんな隙あった？　神業がすぎる……」

ソラは茫然《ぼうぜん》としそうになるが、慌てて正気に戻る。ぼんやりしていたら、カイトに引き離されてしまう。

目指すは荒川の上流方面だ。江東区沿いに少し上れば墨田《すみだ》区に、更に行けば荒川区になる。

届け先は旧中川沿いだ。墨田区なので、それほど遠くはない。

ソラはカイトに離されないように加速し、向かい風を浴びた。

下流へと向かう荒川の流れに逆らうように、カイトにぐんぐん近づいた。

「追いつくので精いっぱいだ……！　くそぉ、なんか手伝いたかったのに……！」

雛鳥《ひなどり》のようについて行くだけというのは性に合わない。

ソラだって、かもめ配達の社員だ。仲間の役に立ちたいと思っていた。

「カイトさん……！」

ようやく、カイトの背中が近くなる。荷物を持ちましょうか、と言おうとしたその時、旧中川の入り口に差し掛かった。

「ええっ⁉」

荒川と旧中川の間には、荒川ロックゲートという立派な水門がそびえていた。荒川が氾濫した時に備えて、水が住宅地に侵入しないようにしているのだろうか。

水門の用途はともかく、行き止まりであることは確かだ。

一旦、岸に上がってライドを持って越えるのだろうか。それとも、水門を開ける手段があるのだろうか。

ソラが不安になる中、カイトは一切の減速をしなかった。

それどころか、ぐんと加速する。このままでは、水門にぶつかってしまう。頑丈な鉄の扉が、二人のライダーの行く手を阻んでいた。

「まさか、水門を壊す……⁉」

第三の選択肢がソラの脳裏に過ぎった瞬間、カイトは水門の直前でUターンした。

ぶわっと波が起こり、水門の上へと向かう軌跡になる。刹那、再び水門に向かったカイトが、その波に乗って飛翔した。

「えええーーーっ⁉」

波しぶきがキラキラ輝く中、カイトは水門をゆうゆうと越え、旧中川へ着水した。

ソラは、大口を開けて一連の様子を眺めることしかできなかった。

「カイトさんが飛んだ……」

ストリームライドにそんな機能があるなんて知らない。いや、むしろあれは、ライドの機能ではなくてカイトの技能が成すものだろう。

当然、ソラは水門を飛び越えるなんて真似《まね》はできない。

水門の先で、もう一度水柱が上がった。ゲートが二重になっているようだが、その先も飛び越えたのだ。

ソラはどうにか旧中川へアクセスしようと、上陸してライドを運ぶ方法を選ぼうとするが、アプリでカイトの位置を確認すると、ぐんぐん旧中川を上っていき、あっという間に配達を完了させていた。

「すげー……」

ソラが感心しているうちに、カイトのライドがぐんぐんと迫ってくる。ソラが慌てて水門から離れた瞬間、カイトが水門を飛び越えて姿を現した。

ソラが目を奪われている間に、バシャーンという派手な音とともに水柱があがる。着水地点のそばにいたソラは頭から水を被って濡れ鼠《ねずみ》になるが、同じく水を被っているカイトはマリンスーツであることも相俟《あいま》って様になっていた。

カイトは、ずぶ濡れでぽかんとしているソラと初めて目を合わせる。

「何故だ」

「な、何がですか……？」

「何故ついてこなかった」

理不尽。

ソラの脳裏に漢字三文字が過ぎる。泣きそうな気持ちを抑えながら、ソラはなんとか理由を口にした。

「す、水門を越える技術がなくて……」

それでもついて来いというのだろうか。もしかしたら、水門を越えられないのはライダーではないという感覚なのかもしれない。

戦々恐々とするソラであったが、カイトは怪訝《けげん》な顔をしたかと思うと、ライドで踵《きびす》を返した。

「そうか」

「えっ、それだけ？」

ソラは思わず聞き返したが、カイトは答えない。怒ってしまったのだろうか。

「あの、カイトさん……！」

「行くぞ」

追いすがろうとするソラの話も聞かず、カイトは次の客のもとへと向かう。ソラもまた、彼の背中を慌てて追った。


終業時間間近に、ソラはカイトとともに舟屋へと戻ってきた。

「おかえりー」

工具を手にしたヨータが二人を出迎える。カイトは流れるように舟屋に接岸し、ライドをさっさと水揚げした。

少し遅れて、ソラが接岸する。

「ただいま……」

「うわっ、岸に打ち上げられたクラゲみたいになってる……！　どうしたんだ。ライドがぶっ壊れたのなら、自分が直してやるから……」

ヨータの言葉に、ソラが首を横に振る。

「違うんだ……。俺、ライダー向いてないんじゃないかと思って……」

「あんなに根拠のない元気で溢れてたのに⁉　何があったんだ……」

ソラはカイトの方を見やる。カイトは既に、舟屋の指定位置にライドを立てかけて立ち去るところだった。

ヨータもまた、ソラの視線に促されてカイトの方を見やる。そして、納得したように遠い目をした。

「湊さんのライド捌きを間近で見たから、自信がなくなったのか……。あの人は特殊だから気にすんなよ。真似できるライダーなんてなかなかいないぞ」

「……うん」

それだけではない。

荒川ロックゲートに阻まれた後も依頼を何件かこなしたのだが、カイトとほとんどコミュニケーションが取れなかったのだ。

ソラが話しかけても、短い一言を返されるだけで会話が続かない。カイトを手伝おうにも、カイトの技術が高すぎて全く手が出せない。

「やっぱりなぁ……。湊さんと一緒に仕事をするなんて、難易度が高すぎるんだよ。……白波さんに相談してみるか」

ソラの悩みを見透かすように、ヨータはぽつりと呟いた。

そんな時だった。

「海原君、湊君！」

ナギサが舟屋に顔を出す。名前を呼ばれたためか、カイトもまた舟屋に戻ってきた。

「終業時間直前にごめんね。緊急の仕事が入っちゃって」

「行こう」

ナギサが詳細を話す前に、カイトはさらりと応じた。

ソラももちろん、引き受けたかった。しかし、自分が出る幕はあるのだろうか。迷うソラに、ナギサは続ける。

「今回の荷物は大きいみたいだ。バックパックにも入らないし、一人では抱えられないから、二人で行って欲しい。もちろん、残業代は払うよ。海原君が難しそうなら、僕が出るけど……」

二人で引き受けなくてはいけない依頼だ。ソラはハッとしてカイトの方を見やる。カイトはソラを一瞥《いちべつ》しただけで、特に何も言わなかった。表情が読めないカイトの真意は理解できない。しかし、ソラがついてくることに反対しているわけではなさそうだ。

乾いたクラゲのようになっていたソラは、自らの頰を叩いて気合いを入れ直す。

「行きます！」

「ありがとう。夜間の航行になるから気を付けて。と言っても、東京湾は明るいけど」

夜間になるため、昼間よりも見通しが悪い。それゆえに、ナギサは二人の現在位置を確認しつつ、オペレーションに専念したいそうだ。

「依頼人の場所は？」

カイトはライドを準備しつつ尋ねる。アプリを確認する時間が惜しいようだ。

「首都高速湾岸線の大井ジャンクションを越えたあたり。事故が発生して一時通行止めになっていて、渋滞になっているんだ。かなりの規模でね」

「配達場所は？」

「晴海《はるみ》フラッグ」

晴海フラッグとは、東京オリンピックの選手村を再活用した官民一体大規模複合開発をした街のことだ。入居者の応募が殺到し、ニュースになったほどの人気エリアである。

海に囲まれた埋め立て地で、ストリームライド向けの配達場所でもある。大規模マンションが立ち並ぶ場所なので夜でも目立つし、難易度はそれほど高くないはずだ。

だが、カイトはわずかに眉間にしわを寄せる。

「航行距離が長い」

カイトはヨータの方を見やった。ライドの充電はかなり使っているし、日は既に沈んでいる。このままでは、途中で充電切れになる上に、朝まで再充電ができない。

ヨータは待ってましたと言わんばかりに、予備のバッテリーを持ってくる。

「予備バッテリーはフル充電してある。二人とも、バッテリーを交換して」

ヨータは、カイトとソラに予備のバッテリーを渡した。

「それなら問題ない」

「わかった！」

カイトは静かに受け取り、ソラはヨータに頷く。

二人はバッテリーを交換し、ライドを着水させる。ライドのデジタル表示を見やり、バッテリーの残量がフルになっていることを確認した。

「行ってきます！」

カイトが無言で発進したので、ソラもカイトに続いて舟屋を出る。

「行ってらっしゃい！」

「気をつけて！」

見送ってくれるヨータとナギサの声が急速に遠くなる。

西の空にはわずかに陽光の名残りが窺えるが、それが見えなくなるのも時間の問題だ。ソラはカイトを見失わないよう、バランスが取れる限界まで速度を上げた。

カイトは荒川河口を目指す。水しぶきとモーター音がカイトの軌跡を示し、ソラを導いた。

見慣れた景色をぐんぐんと追い越し、京葉線《けいよう》が走る荒川橋梁《きょうりょう》を通り抜けたかと思うと、視界が一気に開けた。

「海だ……！」

しかし、昼間とは違って真っ黒な海だ。

得体が知れなくて、波の音だけは大きくて、少し怖い。

東側にある観覧車がライトアップされていたのが心の支えだった。闇の中に咲く花のようで、ソラの恐れを拭ってくれる。

視界は開けたが、闇が広がるばかりだ。遠くの水平線は眩しく輝いているが、地理的には千葉だろうか。ソラが知らない湾岸エリアだ。

西側には江東区の埋め立て地がまだ続いているが、そこまで明るいとは言えない。木々が立ち並んでいるし、公園なのだろう。

真っ黒なカイトは、夜の闇にかき消されそうになる。ストリームライドにライトがついていればいいのにと思ったが、元々、夜間に航行するためのものではないのだろう。

カイトは姿勢を低くしたかと思うと、急カーブして運河へと入った。ソラは一瞬だけ置いて行かれそうになるが、何とか続く。

工業地帯と思しき運河をしばらく行くと、再び視界が開けた。遠くにニュースなどの映像で見たことがある巨大な橋が見える。

恐竜の背中のようなそのシルエットは、東京ゲートブリッジだ。

美しくライトアップされて闇の中に浮かび上がり、ソラを応援しているようだった。

「それにしても……思っていた海と少し違うな」

ソラが思い描いていた海は、観光地然とした砂浜とヤシの木だ。

しかし、江東区の海は工場や倉庫が立ち並び、砂浜が見当たらず武骨で、実用に特化した海である。

海のそういった側面をあまり知らなかったので、ソラにとって新鮮だった。

ふと、頭上で天を揺るがすような音が聞こえた。ソラが顔を上げてみると、飛行機が真上を飛んでいた。

飛行機が向かう先は羽田空港だ。羽田空港方面は夜でも明るく、ソラはつい吸い寄せられそうになるが、目的地はそこではない。

工業地帯をしばらく走り、いくつもの埋め立て地を通り過ぎると、前方に虹色に輝く橋が窺えた。

「レインボーブリッジだ！」

ソラは思わず声をあげる。

レインボーブリッジは、美しい夜景を背にしていた。工業地帯とは違って、高層ビルがずらりと並び、昼間とはまた違った明るさを演出している。人の営みを感じられるところまで来たソラは、胸をなでおろした。

依頼主がいるのは、レインボーブリッジの手前にあるエリアだ。

ソラはカイトの後について行く。

水門が見えた時には無力感がどっと押し寄せてきたが、カイトは水門へ向かわず、近くの駐車場へと向かった。

「来たか！　助かる！」

駐車場から身を乗り出しているのは、スーツ姿の男性であった。ビジネスパーソン風の彼は、両手でようやく抱えられるような大きなダンボール箱を持っている。

「すまない。これを二十時までに自宅に届けてくれ。渋滞を抜けられそうになかった」

依頼主は車で帰宅するのを諦め、荷物だけをかもめ配達に託そうというのだ。車は渋滞の列から出てしまったので、再び戻るのは困難だろう。

「これは……」

何ですか、とソラは聞こうとしたが、とっさに口を噤んだ。依頼主の個人情報を必要以上に探ってはいけないはずだ。

だが、依頼主はこう言った。

「大切なものだ……。絶対に、時間までに届けないといけない。だから、頼む……」

「……わ、わかりました」

依頼主の切実な表情を前にしたソラは、頷くことしかできなかった。

ソラとカイトは荷物を受け取り、依頼主が見送る中、届け先へと走り出す。目的地は、中央区の晴海フラッグだ。

ソラはアプリで目的地を確認する。

晴海フラッグはレインボーブリッジの更に奥にある。あの、美しい高層ビルの群れの中だ。

「カイトさん、頑張りましょう！」

「…………」

ソラの声かけに対して、カイトは無反応だった。ソラはショックを受けつつも、カイトとともに大きな箱を持つ。

ずっしりと重く、体積も大きい。たしかに、一人で持つのは困難だ。バランスを取りにくいし、何より前が見えない。

ソラとカイトは両脇を支えて走ることになるのだが、それは地獄の始まりだった。

現在の時刻は十九時。目標時刻まであと一時間しかない。

普通に航行すれば余裕の距離だが、今は、二人で運ばなくてはいけない荷物がある。その上、荷物は絶対に落としてはいけない。下は海なので、落ちた瞬間、全てが台無しになることが確定している。

そんな緊張感の中、カイトは晴海フラッグの方を見据えたかと思うと、ぐんっと速度を上げた。

「どええっ⁉」

ソラも慌てて速度を上げる。息を合わせないと、荷物は海の中に真っ逆さまだ。

カイトはぐんぐんと速度を上げる。彼の技術であれば問題ないかもしれないが、ソラの技術ではバランスが取れるか怪しくなってくる。

「か、カイトさん、もうちょっと……」

速度を下げてください。

そう言いたかったが、言葉が続かなかった。

カイトの真意がわからない。もしかしたら、この程度でついて来られないなんてがっかりするのではないだろうか。もしくは、ソラの実力を試そうとしているのか。

ソラにだってプライドがあるし、この実力者に認められたかった。かもめ配達の一社員として貢献したかった。

ソラは集中力を上げ、腹筋に力を入れて体幹を最大限に活かして何とかバランスを取る。とにかく、晴海フラッグまでカイトについて行かなくては。

レインボーブリッジがぐんぐんと迫る。レインボーブリッジを超えれば、晴海フラッグまであと少しだ。

クルーズ船が悠々と走るのを遠目に眺めながら、ソラはカイトとともにレインボーブリッジを抜けた。

その時だった。

パッと真昼のように明るいライトに照らされたかと思うと、複数のモーター音が接近する。

「ヒャッハー！　夜のベイエリアに二羽のカモメが飛んでるぜ！」

「カモメさんよぉ！　そいつを寄こしな！」

ストリームライドに乗ったガラの悪い輩《やから》が、レインボーブリッジの下から一斉に飛び出したのである。

モーター音が過剰に大きく、電装があまりにも派手だ。とても、合法のストリームライドには見えない。

「な、なんだ、あの人たち……！」

ソラは彼らに気を取られるが、カイトは一瞥もしなかった。代わりに、更に速度を上げる。

「うわわわっ！」

ソラは、危うく荷物を落としそうになる。そこで、カイトは初めてソラの方を振り返り、速度を抑えた。

「おい、黒カモメさんよ。どうやら今日は、雛を連れているようだな」

輩の集団の中から、ひと際派手なストリームライドに乗った青年が進み出る。

ストリームライドの先端は金槌《かなづち》のように変形しており、両脇には鰭《ひれ》のようなウイングが取り付けられていた。

改造ストリームライドだ。

黒カモメというのは、黒ずくめのカイトのことだろう。雛というのは、新人のソラのことか。

「お前たち、何者だ！」

ソラは青年に問う。

すると、彼は待ってましたと言わんばかりに胸を張った。

「俺らは海賊団『ハンマーヘッド』！　俺は総長の鯖江《さばえ》コーヘイだぜ！」

コーヘイが名乗ると、ハンマーヘッドのメンバーは雄叫《おたけ》びをあげる。海賊と名乗っているが、海上暴走族と言えるだろう。

「ハ、ハンマーヘッド……？」

確かに、コーヘイが乗るストリームライドの先端は金槌のような形状だが、ソラはその単語の意味をイマイチ嚙《か》み砕けなかった。

「……ハンマーヘッドシャークはシュモクザメのことだ」

カイトがぽつりと呟く。

「ああ！　あれか！」

シュモクザメなら知っている。たしかに、頭部が金槌みたいな不思議な鮫《さめ》だ。

「鮫なのに、鯖……？」

「俺の苗字のことはどうでもいいんだ！」

ソラの疑問に、コーヘイはわめく。

「湾岸エリアは俺ら『ハンマーヘッド』のモンだ！　だから、湾岸エリアにある荷物も俺らのものなんだよ！」

コーヘイが手をあげて合図をすると同時に、周囲にいたメンバーが一斉にソラとカイトに向かって走り出す。

「やばっ……！」

彼らが狙っているのは、二人が届けようとしている荷物だ。ソラは右に避けようとするが、その瞬間、荷物がすっぽ抜けそうになった。

「えっ、カイトさん！」

カイトは左に避けようとしたのだ。カイトが異常に気付いてソラに合わせ、荷物はなんとか落とさずに済んだ。

ホッとしたのも束《つか》の間《ま》、ハンマーヘッドが目の前に迫る。ソラは先ほどカイトがしたように左に避けようとするが、カイトはいきなり加速した。

「ええええっ⁉」

ソラも慌てて加速する。あと少しで荷物が落ちるところだった。

「ハン、全く息が合ってねーな。黒カモメには今まで逃げられてばかりだったが、今度こそお宝を奪えそうだぜ！」

コーヘイは鼻で嗤《わら》う。

ソラがいない時は、カイトは彼らの手から逃れることができた。しかし、ソラがいるから今日は苦戦している。

　ソラは己の未熟さに打ちひしがれそうになる。

　だが、ソラがいなくては、視界を遮るほどの大荷物は抱えられない。落ち込んでいる暇はないと、ソラは自らに言い聞かせた。

　ソラとカイトは息が合わない。ソラが動くとカイトと正反対の動きになってしまうが、切り替えが素早いカイトが動いてからだとソラが合わせるのは困難だ。

「カ、カイトさん！」

　最早《もはや》、なりふりを構っていられない。

　カイトに意見するのは憚《はばか》られたが、躊躇している余裕はない。何を思われてもいいと覚悟を決めながら、ソラはカイトに意見した。

「俺はあなたと違って未熟です。でも、この仕事を成功させたいし足を引っ張りたくない！　だからせめて、指示をください！　カイトさんが右に行けとか左に行けとか加速しろとか言ってくれたら、限界まで合わせますので！」

　ソラの必死の叫びを聞き、カイトはハッとしたような顔をした。

　彼はソラの叫びを咀嚼《そしゃく》するように沈黙したかと思うと、こくんと頷いた。

「わかった」

「カイトさん……！」

「作戦会議かァ？　いくら作戦を練っても、俺らを突破することはできないぜ！」

コーヘイは、右手をさっと二人に向ける。すると、メンバーは二人を囲うように動き出した。

「一時方向に加速だ」

カイトがぽつりと呟く。

「はい！」

カイトが加速すると同時に、ソラもまた同方向へ加速する。包囲網の隙をつき、二人はハンマーヘッドの手を振り切った。

「なっ……！　息が合った？」

コーヘイは動揺する。しかし、首を横に振ってすぐに気持ちを切り替えた。

「いや、まぐれだ！　追え！」

「おう！」

メンバーは一斉に二人の後を追う。コーヘイもまた、モーター音を響かせて追いすがった。

「ひええ、しつこい……！」

「ソラ」

カイトは前を向いたまま、ポツリとソラの名を呼ぶ。

「はい！」

「十秒後に最大加速」

「お、俺がバランスを取れるのはこれが限界です」

「一瞬でいい。フォローはする」

カイトの双眸《そうぼう》は、徐々に近づく晴海フラッグの美しい街並みを見据えている。そこには、確信が宿っていた。

「はい！」

ソラは腹を括《くく》り、頷いた。

「5、4、3、2……」

カイトはカウントダウンを始め、ソラは最大加速の準備をする。

カイトはソラよりもはるかに海を知っていて、ストリームライドの扱い方を熟知している。仮にソラの技術が追いつかなくても、フォローは充分なはずだ。

カイトは今までもそうだった。水門を越えられなかったソラを咎《とが》めず、ソラが荷物を落としそうになったら止まってくれた。

カイトを信じる。

そして、届け先に荷物を届ける。依頼主の想いを届けるためにも。

ソラの気持ちが固まると同時に、カウントダウンが終わった。

「1、0……！」

「行きます！」

カイトとソラは同時にストリームライドの最大速度まで加速する。ソラは慣性力に負けて荷物を落としそうになるが、やはり、カイトは計算済みだったらしく、ぐらつく荷物をしっかりと支えていた。

「あいつら……！　追うぞ！」

コーヘイがメンバーとともに二人の後を追おうとする。

しかし、その間を通り抜けるものがあった。

「ジェット船だ！」

すぐ近くにあるのは竹芝《たけしば》ふ頭。そこから離島に観光船が往来しているのだ。

まさに今、高速で水面を走るジェット船が入港するところだった。

「あぶねぇ！　下がれ！」

ジェット船があげる水しぶきは、ストリームライドの比ではない。巻き込まれればあっという間に転覆してしまうだろう。

ハンマーヘッドはジェット船があげる白い波に阻まれ、立ち往生する。

その隙に、ソラとカイトは晴海フラッグへと向かった。

ソラやハンマーヘッドはデッドヒートに気を取られていたが、カイトは海の全体を見渡し、ジェット船が横切るタイミングを把握していたのだ。

ソラの背中にコーヘイの罵詈雑言《ばりぞうごん》が聞こえたような気がしたが、全てはジェット船の波音にかき消されてしまった。

一つの埋め立て地に、全てが完結する小さな町がある。それが、晴海フラッグだ。統一感があるマンションが立ち並び、夜を明るく照らしてならず者を退けている。その埠頭《ふとう》に、二つの影があった。母娘《ははこ》である。

「あっ、来た！」

幼い少女が、ソラとカイトを見るなり声をあげた。頬を赤く染め、嬉しそうな表情だ。

「すいません、遅くなって」

ソラはカイトともに着岸し、荷物を母娘に手渡す。送り先は娘のようで、宛名を確認して配達完了となった。

「いいえ。間に合いましたよ。二十時前に到着して良かったです」

母親もまた、安心した様子だ。娘は二十時以降、就寝の準備をしてしまうという。

「せっかくの誕生日に夫が間に合わなかったのは残念ですけど」

「あっ、もしかして誕生日プレゼント……！」

ソラの中で、依頼主が急いでいた理由が繋がった。

娘の誕生日プレゼントを持って帰りたかったものの、渋滞につかまってしまったということか。自分は娘が就寝するまでに帰れなさそうだったから、かもめ配達に依頼したのだ。

「お母さん、開けていい⁉」

娘は目を輝かせて、ダンボール箱を開けようとする。我慢できないらしい。

母親はそんな彼女に苦笑した。

「……仕方ないわね。中身を見るだけよ。出すのは家に帰ってから」

「はーい」

娘は元気よく手をあげ、ダンボール箱を開ける。

すると、綺麗な包装紙に包まれた大きな箱が現れた。娘は晴海フラッグを照らす明かりに負けないほど、目を輝かせた。

娘は興奮気味に、しかし、包装紙を破かないように慎重にプレゼントを開ける。

「うわぁ……！」

中から姿を現したのは、豪華な女児向け玩具のドールハウスだった。赤い屋根で木造風の、可愛《かわい》らしい家だった。

「ショコラうさぎちゃんのおうちだ！」

「あら、よかったじゃない。あなた、ずっと欲しがってたものね」

母親は、興奮する娘の頭を撫でた。娘はおうちを眺めながら、こくこくと頷く。

「成程……。あれは確かに大きいし重いな……」

ソラも玩具売り場で見たことがあるドールハウスだ。持って帰るのが大変そうだと思いながら眺めていたが、まさか、自分が運ぶことになるとは。

「本当にありがとうございます。お陰様で、この子にとっていい思い出になりました」

母親は、ソラとカイトに深々と頭を下げる。面と向かって丁寧に感謝されると、ソラは照れくさくなってしまう。

「いえ。無事に運べて良かったです」

「ありがとう！　お兄ちゃん！」

娘はぴょんぴょん跳ねながら感謝を述べた。その幸福そうな様子に、ソラは自分も幸せな気持ちになる。

もし、かもめ配達がなかったら、彼女のプレゼントは父親の車とともに渋滞に巻き込まれたままだったのだろう。そして、海賊たちに奪われてしまったり、自分が落としたりしていたら、せっかくのプレゼントが台無しになってしまったのだろう。

無事に運べて良かった。

ソラはその言葉に尽きると思った。

「行くぞ」

カイトは母娘に軽く頭を下げると、ストリームライドに乗った。ソラも頷くと、母娘に見送られながらその場を後にした。


復路には、ハンマーヘッドはいなかった。

荷物を奪えないと悟り、諦めて帰ったのだろう。

「それにしても、あいつらはショコラうさぎちゃんのおうちを奪ってどうする気だったんだろう……」

ソラはぽつりと疑問を口にする。

「別に、どうもしない。俺たちの仕事を妨害したかっただけだ」

先を行くカイトが答える。まさか、ちゃんと答えてもらえるとは思わず、ソラは目を丸くした。

カイトの速度は、驚くほど緩やかであった。そのお陰で、ソラも無理をせずに追いつくことができる。

「あの、さっきはすいませんでした」

「なにが？」

「その、偉そうなことを言っちゃって……」

「別に」

カイトは振り向き、ソラを待つ。ソラはカイトと並走するようにライドを走らせた。

「俺こそ、迷惑をかけた」

「なにがです⁉」

そんなことされたっけ、とソラは目を丸くする。

「……俺は今まで一人で仕事をしていた。他人に合わせた経験がなかった。だから、お前に合わせられなかった」

「あっ、なるほど！」

ソラを置いて行くような行動は全て、カイトに他意がなかったらしい。彼は単に、他人に合わせるという経験が乏しかったのだ。

「いえ、その、全然迷惑とかじゃないですし！　むしろ、カイトさんの華麗な走りを間近で見られて良かったです！」

「……そうか」

カイトは頷き、あとは無言だった。それでも、ソラは彼と心を通わせることができた気がした。

かもめ配達の仕事は、お客さんの荷物を届けることだけではない。お客さんの気持ちを届けることなのだと学んだ。

母娘の笑顔を思い出すと、ナギサがこの仕事にこだわっている理由がわかる気がする。もっと、ああいった笑顔を増やしたいとソラも思った。

工業地帯を抜け、再び視界が開けた海に出る。

夜の海は相変わらず真っ黒だったが、先行していた漆黒のライダーは隣にいる。

ソラはもう、夜の闇に恐れを抱くことはなかった。

第三章　ボトルメッセージの恋文

江東区はバイクシェアの対応エリアだ。

それを知ったソラは、さっそく近所のサイクルポートで自転車を借りた。車輪が小さいものの、電動なので楽に進める。

近隣の区域は埋め立て地のためか、橋が架かっている場所以外のほとんどが平坦《へいたん》な道なので自転車で走りやすい。

よく見れば、自分と同じ自転車を使っているビジネスパーソンがちらほらといた。公共交通機関はそれなりに充実しているのだが、海風を感じたり荒川を眺めながら走ったりするのが心地いいのだろう。

かもめ配達は現在、水曜日と日曜日が休業日だ。従業員数が増えたら、ローテーションを組んで無休にしたいとナギサは言っていた。

だが、そんなことになったらワーカホリックなナギサは毎日欠かさずに出勤してしまいそうだ、とソラは思った。まあ、今も休業日にオフィスに籠って仕事をすることが多いらしいが……。

それはさておき、ソラは自転車を借り、清砂大橋を渡って西葛西へと向かった。

目指す先は、あの巨大な観覧車だ。

夜空を背にライトアップされた、結晶のように幾何学的でいて大輪のような観覧車が忘れられない。

橋を渡っていると、車道の向こう側で東西線が通り過ぎた。ソラは東西線の列車を見送り、荒川沿いの道に入る。

すると、一直線のサイクリングロードがソラを迎えた。

西側には荒川、東側には集合住宅がずらりと並んでいる。真っ青な空はどこまでも続いており、ほのかな潮風がソラの頬を撫でた。

サイクリングロードにいるのは、本格的な装備のサイクリストや子どもを乗せてママチャリを漕《こ》いでいる親と多様であった。西葛西側は歩道になっているようで、ご年配の男性がウォーキングをしている。

まだ十時にもなっていないというのに、健康的なものだ。

「やっぱり、この辺の人ってアクティブだよなぁ」

ソラは感心しながら、自らもサイクリングロードに躍り出る。

河川敷では釣り人がちらほらといるが、シーバスを狙っているのだろうか。

陽光を受けて光る水面の向こうには中州があり、かもめ配達の舟屋が窺えた。

中州は荒川と中川を隔てている。中州が途切れたところで、中川は荒川に合流するのだ。その合流地点を過ぎてしばらく行くと、高速道路が頭上を走るようになり、再び橋が窺えた。

京葉線が走る荒川橋梁である。千葉と東京を繋ぐ湾岸線だ。

堅牢《けんろう》な荒川橋梁を超えると、そこはもう海だ。

荒川の河口が広がり、水平線が見えるようになる。遠くには貨物船が窺え、その先には千葉の湾岸エリアが見えた。

「ひゃっほー！　海だー！」

ソラのテンションが上がると同時に、自転車の速度もぐんと上がる。ソラは海風と一つになり、サイクリングロードを駆け抜けた。

荒川を抜けたサイクリングロードは、海に沿うように自然と曲がる。その先には、防風林と思しき松の木が並んでいた。

「あれだ！」

巨大な観覧車も間近でソラを見下ろしていた。

ソラは観覧車を目指して自転車を走らせる。やがて、サイクリングロードが途切れて自転車と歩行者がともに歩ける道になり、道行く人たちは親子連れが多くなった。

先ほどまでのサイクリングロードとは雰囲気が一変したのに目を丸くしながら、ソラは手近な駐輪スペースに自転車を止めた。

「公園……か？」

近くにある地図を見てみると、現在位置がわかった。

葛西臨海公園だ。

水族館や観覧車があり、バーベキューもできるという。今日は水曜日だが、土日はもっと賑わっているのだろう。

地図を見てみると、どうやら砂浜もあるらしい。ソラは目を輝かせ、潮の香りが濃い方へと走り出した。

広々とした草地の広場には、レジャーシートを拡《ひろ》げて寝ている人もいた。ベンチではお喋りをしている人や読書をしている人がいる。

砂浜へと通じる道はすぐに見つかった。ヨットの帆のような柱が天高くそびえていたからだ。

「わあ……」

海が広がる様子に、ソラは目を輝かせる。砂浜へはそのヨットの帆のような柱が立つ橋を渡る必要がある。

ごうっと強い海風が吹き、ソラは思わず足を踏ん張った。すぐそばにプードルを連れている人が歩いていたが、綺麗にトリミングしたプードルの毛が海風に煽られて、プードルは転がりそうになっていた。

橋を渡ると、海岸は左右に伸びていた。真ん中は岩場だが、両端には砂浜が伸びている。東の方にも似たような岸辺があったが、そちらは立入禁止らしい。

「すげー！　すげー！」

生まれて初めての砂浜に、ソラははしゃぐ子犬のように走っていった。

波が打ち寄せる音が心地よい。

かと思えば、轟音《ごうおん》を立てながら、頭上を飛行機が飛んで行った。羽田空港に着陸せ
自然と都会的な風景が混在している場所だ。いやむしろ、この場所が都会の中にあるオアシスのような存在なのか。

「あれ？　ゴミか？」

砂浜に、透明なビニールの塊のようなものが落ちているのに気づく。

ゴミならばゴミ箱に捨てなくてはと思い、ソラが手を伸ばしたその時、聞きなれた声に阻まれた。

「それはクラゲだ。素手で触るな」

「はっ……！」

ソラは思わず後方に飛び退き、打ち上げられたクラゲから距離を取って、声の方を見やる。

海を背に、黒ずくめの青年が佇んでいた。今日は、マリンスーツではなく黒いシャツとボトムスだ。

彼の静かな眼差しは、驚いた顔のソラを見つめている。

「カイトさん！」

「ああ」

カイトは短く応じた。

一瞬、会話が途切れてしまったが、ソラは続けて尋ねる。

「どうしてこんなところに⁉」

「好きだから」

「クラゲが……？」

「海が」

カイトは海の方を見やる。

海は青いという。沖縄の海なんかは美しいエメラルドグリーンだが、東京の海はそこまで青くない。

だが、波の音が穏やかで心地が良かった。それでいて包容力があり、どんな悩みもちっぽけだと思わせるほどの力がありそうだ。

ソラは思わず、東京湾が奏でる波の音に聞き入ってしまう。

「それはわかります。波の音なんて、聞いてるだけで癒されるし」

「東京湾は入り口が狭くて内側が広い。大きな波も発生しにくいのだと思う」

「海によって波の音は違うんですか?」

「大洗《おおあらい》はもっと激しい。サーフィンに最適だ」

「へぇ……!」

海を一つ知ったソラは、別の海も見てみたいと思う。太平洋や日本海など、それぞれ音も色も違うのだろう。

「お前は……」

「海原ソラです!」

「ソラは」

ソラが名乗ると、カイトは律義に訂正した。

「今までどんな海を見た?」

「東京湾が初めてです!」

「千葉にいたと聞いたが、太平洋は?」

「印旛沼なら見たことあります!」

元気よく答えるソラに、カイトは眉間を揉んだ。彼はじっくりと自分の中で何かを咀嚼し、納得したように頷いた。

「社長から大まかな話は聞いている。一昨日千葉から来て、そこで初めて東京湾を見て、それで好きだと？」

「海はずっと憧れてたんです。でも、地元を出るきっかけがなくて……」

さすがに怒られるかな、とソラはカイトの表情を盗み見るが、彼の表情は変わらないし、よくわからなかった。

特に声を荒らげるでもなく、苛立《いらだ》った様子を見せるでもなく、静かな波のようにカイトは応じた。

「なら、海について教える」

「やった！」

ソラは諸手を上げるが、カイトは構わずに続けた。

「まず、打ち寄せられた正体不明のものは不用意に触れるな」

「はい！」

先ほど、クラゲに触れようとしたことを指しているのだろう。ソラはカイトの忠告を胸に刻む。

「特にクラゲは、毒を持っているものもいる。鳥が落ちていても同様に触れるな。感染症で死んだ可能性もある」

「鳥、落ちてる時もあるんですね……」

カワウの群れが頭上を飛んでいく。カイトは静かに頷いた。

「海は生命が生まれ、生命が死んでいく場所だ。あらゆる死が渦巻いていて、波に運ばれて打ち上げられる時がある。好奇心に駆られて触れたり、哀れに思って埋葬してやったりしない方がいい。全ては海に任せてやるんだ」

「……はい」

自分は埋葬しそうだな、とソラは思い、肝に銘じた。

「当然、海水も飲んではいけない。しょっぱいかどうかを確かめるのは、言語道断だ」

「はっ！　危なかった！」

正に、思い立ったらやりそうなことだったので、ソラは目を丸くした。

「あと、この砂浜では釣りは禁止だ。ライドで走るのも厳禁だ。磯《いそ》遊びならばいい」

「干潟になるくらいの浅瀬なんでしたっけ」

「ああ。ラムサール条約に認定された肥沃な湿地だ。人間が荒らしてはいけない」

ラムサール条約とは、水鳥の生息地として国際的に重要な湿地を認定するものらしい。カワウの群れがあちらこちらを飛び、鳶が旋回し、時折カモメが海面に浮かんでいるのを見ると納得できる。

「干潮時は、もっと多くの水鳥が見られる。あと、反対側の渚もな」

立入禁止区域は、水鳥を保護するための場所らしい。水鳥がそこを住処《すみか》としているため、これほど多く見かけるのか。

「それだけ、餌が豊富ってことですかね」

「ああ。牡蠣《かき》がいる。それに、マテ貝も」

「牡蠣ってすごいですね！　ところで、マテ貝って……」

「これだ」

カイトは砂浜に落ちていた細長いものを指し示す。一瞬、打ち寄せられた葉っぱか木の皮かと思ったが、よく見れば貝であった。

「へーっ！　こんな細長い貝があるんですね！」

「普段は穴の中にいる。塩を入れると出てくる」

カイトは空を掴む仕草をする。出てきたところを捕まえるらしい。

「潮干狩りの時期は潮位が低い。よく採れる」

「あっ、潮干狩りって、潮位が低い時期にやるんだ……！」

潮干狩りはニュースなどで見たことがあったが、シーズンが決まっていることに納得する。

「潮位が低いってことは、ライドで行ける範囲も限られる……？」

「影響は少ない。俺たちの行き先は埋め立て地が大半だ」

自然の浜とは違い、船の航行を想定した場所が多く、座礁する可能性は極めて低いという。

「よかった。海って、どこが浅くてどこが深いのか、よくわからなかったから」

海は美しいが、底が知れない。特に、東京湾の水は透き通っているわけではないので、水面下がどうなっているのか全くわからない。

「晴海フラッグの時も、荷物を落とさなくて良かった。俺、まだ海水に潜ったことがないし」

「落下による損失の可能性は、荷物を預かった時に了承しているはずだ。落としたら諦めるしかない」

かもめ配達に依頼する際、依頼人は覚悟の上で頼むのだという。アプリで配達依頼をする時も、注意書きが表示されるそうだ。

もちろん、荷物を損失すれば会社が弁償する。しかし、落とした荷物は回収できない。唯一無二のものを預けないようにと注意書きに記されている。

「それでも、荷物に託した思いは届けたいじゃないですか」

ソラは迷うことなくそう言った。

カイトもまた、静かに頷く。

「そうだな」

短い返事だったが、そこにはカイトの強い想いが詰まっているようだった。

「あっ、そうだ」

晴海フラッグの件から、芋づる式にソラは思い出す。

「今後も夜間航行が増えるかもしれないからって、ヨータがライドにライトをつけようと検討中みたいです。近々、ライドを弄るかもしれないって」

「そうか」

「まあ、カイトさんは湾岸エリアをバッチリ把握してるみたいですし、俺のためかなって感じですけど……」

ソラは、自らに至らなさを覚える。しかし、カイトは内心を見透かすかのように首を横に振った。

「俺の記憶も確実とは言えない。照明はあった方がいい。走ることに集中できる」

「……！　それはよかった！」

「社長が社員を増やすつもりなら、今後は配達員が増えるかもしれない」

「あ、そうか。そのためにも環境を整えた方がいい、ってことですよね」

ソラが確認するように問うと、カイトは頷いた。

カイトは口数が少なく表情の変化がほとんどないが、そういうものだと思えば、コミュニケーションが取りやすい。

「カイトさんは思いやりに溢れたいい人ですね」

ソラがそう言うと、カイトは無言でソラを見つめ返した。彼はしばしの沈黙の後、静かに目を伏せる。

「そんなことはない」

「もしや、照れてるんですか？」

「…………」

無言になってしまった。うざったいと思われたかもしれないと、ソラは反省する。

しかし、カイトはしゃがんで何かを拾い上げた。白い貝だ。

「どっかで見たことがあるような……。牡蠣？」

ソラが首を傾げると、カイトは頷いた。よく見ると、彼は片手に白い貝を何枚も携えている。

「どうして貝を拾ってるんですか？」

アクセサリーや置物でも作るのだろうかと思ったが、意外な答えが返ってきた。

「白い貝殻はコアジサシの巣の材料になる。俺も巣作りに手を貸したい」

コアジサシというのは背中が灰色の白い水鳥だ。葛西臨海公園には営巣に来るらしく、公園側が白い貝を集めているという。

やはり、カイトは思いやりに溢れたいい人なのだ。

ソラは嬉しくなって、飛びつくように足元の白い貝を拾った。

「俺も手伝います！」

「ああ」

カイトは並外れて元気なソラに、静かに頷く。二人はしばらくの間、波音を聞きながら白い貝を集めた。


翌朝、ソラはナギサとともにシェアハウスを出、中州のオフィスへと向かった。

「休み明けだから、仕事が溜まってるかもしれないね。早く片付けてしまわないと」

「ナギサさん、シェアハウスでも仕事してませんでした？」

「あれは別の仕事」

ナギサはにっこりと微笑む。ワーカホリックにもほどがある。

出勤したソラはタイムカードを打刻し、舟屋へ向かう。すると、先に来ていたヨータがライドを眺めながら、何やらメモをしていた。

「おう」

ヨータは顔を上げてソラに挨拶をする。

「照明の取り付け？」

「ああ。どうしたもんかと思ってさ。先端にあったほうがいいんだろうけど、水を被りやすいだろうし、乗り方によっては水中に沈んだままかもしれないと思ってさ」

「うーん、確かに」

ヘッドライトのようにしたいようだが、ライドの構造上、安定した場所につけられないという。

「じゃあ、頭につけるとか」

「いや、そのライドの先端に付けるのを今検討していて――」

「違うって。ライダーの頭につけるんだ。チョウチンアンコウみたいに」

「お前が……それでいいなら……」

ヨータはあきれ顔だ。暗に、センスが合わないと言いたいのだろう。

「チョウチンアンコウの明かりは餌やオスを誘い込むためのものだ」

不意に投げられた声に、ソラとヨータは振り返る。そこには、無表情のカイトが佇んでいた。

「いわば、誘蛾灯のような役割だから、夜間航行に相応《ふさわ》しくない。招かれざる者を誘き寄せるかもしれない」

「ハンマーヘッドみたいな奴《やつ》らが、明かりに誘われるかもしれないのか……！」

ソラはカイトの言葉にハッとする。

その様子を、ヨータは目を丸くして見ていた。

「すごいな、お前。いつの間に湊さんとコミュニケーションが取れるようになったんだ？」

尊敬すら混じる眼差しに、ソラは照れ笑いを浮かべた。

「コアジサシの巣材を拾った仲だからかな」

「なんだ……それ。独特の絆《きずな》の深め方をしてるんだな……」

ヨータには、いまいち伝わらなかったらしい。

カイトは、構わずに続けた。

「ライトは、ライドではなくリモコン側につけた方がいい」

「そっか！　リモコンならば常に腕にあるし、あっちこっちを照らしやすいですね！」

ヨータは目を輝かせ、ライドとともに保管してあったリモコンの方に飛びつく。

一先《ひとま》ず、ヨータの仕事は進みそうだ。安心したソラは、カイトに尋ねる。

「チョウチンアンコウの明かりについてなんですけど、オスを誘い込むってことは、明かりがあるのはメスなんですか？」

ソラの問いに、カイトが頷いた。

「俺、明かりがあるチョウチンアンコウしか見たことがないんですよね。オスは明かりがない……っていう感じですか?」

「明かりはなく、身体が小さい」

カイトは、指先でオスの大きさを表現する。親指ほどの大きさだった。

「ちっさ! あれ、メスは?」

ソラはチョウチンアンコウを図鑑でしか見たことがないので、そもそもの大きさがわからなかった。そんなソラに対して、カイトはオスの十倍くらいの大きさを両手で表現した。

「でかっ! 明かりでオスを誘《おび》き寄せて、結婚するっていう流れですか?」

首を傾げるソラに、カイトは頷く。だが、衝撃の事実が明かされた。

「オスはメスに取り付き、そのまま同化して吸収される」

「同化して……吸……収……?」

ソラは信じられない表情でオウム返しに問うが、カイトは静かに頷いた。脇で耳を傾けていたヨータは、身体をぶるっと震わせる。

「チョウチンアンコウってそんな感じなんですか? 光が届かない深海で、女の子の光に呼ばれて出会うって、ロマンチックだと思ったのに!」

「深海のような過酷な環境は、ロマンでは生きていけない」

カイトは静かに、しかし、ぴしゃりとヨータに言った。

「だからって、男を吸収することないじゃん……。次の人生があってもチョウチンアンコウのオスになりたくない……」

ヨータは悲しそうな声をあげながら、自分の作業に戻る。

カイトはやはり博識だ。ソラは尊敬の念を抱く。

もっと彼の話を聞きたかったが、今は就業時間だ。自分も、配達の指示が来るまでライドの手入れなどをしなくては。

そう思って、自分のライドが保管されている舟屋の一角へ目をやった時、ソラはハッとした。

「あれ、なんだろう」

ライドの出入り口に、引っかかっているものがある。ソラはそれが危険なものではないと確認すると、ひょいと拾い上げた。

「どうしたんだ？」

顔を向けるヨータに、ソラは拾ったものを見せた。

小瓶である。今はあまり見られないレトロな形なので目に付いたのだ。よく見れば、中に手紙が入っているではないか。

「ボトルメッセージだ！」

ヨータは興奮する。ソラも同じだ。

「ボトルメッセージなんて、初めて見た……！　海の近くだと、流れてくることがあるんだね」

「自分も見たのは初めてだよ！　海の近くにいるのは長いけどな。でも、ここはまだ荒川だぞ。上流から流れてきたのか？」

カイトは特に近づかず、二人の様子とボトルメッセージを眺めていた。

「この辺りは、潮位の変化の影響を受ける。満潮時は水位が上がるから、その時に来たのだろう」

つまり、海から来てもおかしくないのだという。その解説に、二人は更に興味深げにボトルメッセージを眺めた。

「どうしたんだい？　盛り上がっているようだけど」

一階の賑わいに気付いたのか、ナギサがやってきた。ソラは、ナギサにボトルメッセージを見せる。

「これが舟屋に辿り着いたんです！」

「へぇ、ボトルメッセージとは珍しいね」

「開けていいですか？」

「いいよ。メッセージを流した相手も、それを望んでいるだろうし」

ナギサが頷くと、ソラは胸を躍らせながらボトルのコルクの栓をひねった。かなりきつく封をされていたが、同じく興味津々のヨータと力を合わせてコルクを開けた。

古びた紙と、潮の匂いが広がる。

中には、メモ用紙と封をされた手紙が入っている。

メモ用紙には、こう書かれていた。

「『どうかこの手紙を届けてください』……？」

ソラは同封されていた手紙を見やる。

手紙は古く、紙も劣化している。乱暴にしたら、破れるどころか崩れてしまうかもしれない。

ソラはヨータと顔を見合わせると、手紙を慎重にボトルへと戻した。不用意なことをして手紙をダメにしてしまわないよう配慮したのだ。

封筒には何も書かれていない。届けて欲しいというメッセージは切実だったが、宛名がなければ届けようがない。

「どうするんだ？　これじゃあ、届けられないぞ」

ヨータはうなる。そんな中、カイトがボトルの中を指さした。

「手紙とメモの他に、何かが入っている」

葉っぱが数枚、中に入っていたのを見つけたのだ。ソラは葉っぱを見て、キョトンとする。

「これは、ボトルが流れた時に入ったものかと思って……」

「ボトルには栓があった。入り込むとは考えにくい」

「じゃあ、意図して入れたのかな……」

「有り得ない話ではない」

葉っぱを恐る恐る取り出してみると、瑞々しさがすっかり無くなっていることに気付く。長くボトルの中に保管されていたのだろう。

「何の葉っぱだろう」

それなりの大きさがあり、枝についていた頃はしっかりしていたであろうことが窺える。一目見てわかるような特徴はなく、カイトも首を傾げた。

「湊君がお手上げということは、海のものではなさそうだね。内陸の植物なんだろうけど」

ナギサはそう言って、スマートフォンをかざす。カメラ機能で葉っぱを撮り、画像で検索しようというのだ。

「あっ、これかな？」

検索結果はすぐに出た。コアラの写真とともに。

「どうしてコアラ……？」

「そっか。ユーカリか……！」

画像検索はコアラではなく、コアラが食している植物を挙げたかったようだ。意図を理解したナギサは、ユーカリの画像とソラが手にした葉っぱを見比べる。

「たしかにユーカリみたいだ。でも、どうしてユーカリが？」

「届けて欲しいところにユーカリが生えているとか……かな？」

ナギサとソラ、そしてヨータも首を傾げた。

「ユーカリと言えばコアラ。コアラと言ったらオーストラリア。でも、オーストラリアに届けてくれなんて、無茶ぶりにもほどがある」

「コアラなら、オーストラリアに行かなくてもいるけどね」

ナギサもまた、考え込みながら言った。

「あー、たしかに」

「動物園？」

ヨータが相槌《あいづち》を打ち、ソラが目を輝かせた。ナギサはソラの問いに頷く。

ソラは更に連想を進めた。

「動物園と言えば、上野《うえの》……⁉」

「最寄りの大きな動物園は上野動物園だろうね。あそこはウォーターフロントとは言いがたいけど、隅田川か神田川《かんだがわ》からなら、それほど距離はないかな」

ナギサは頭の中に地図を叩き込んでいるようで、虚空に視線をやりながら答えた。

「どうにか……届けたいです」

ソラはボトルに入った手紙を見つめる。

かもめ配達に入ったソラは、誰かの想いを繋ぐ役目を担いたいと強く感じていた。

ナギサもまた、静かに頷く。

「ああ、そうだね。海が運んできたのならば、これも縁だ。僕もなんとか届けたいし、見届けたい。けど——」

土地勘があり洞察力もあるナギサであれば、この謎めいたボトルメッセージの宛先を探すことができるかもしれない。だが、ナギサにはオペレーションの仕事がある。

言いよどむナギサの前で、カイトは踵を返した。

「行けばいい」

「湊君……？」

「午前中は配達の依頼が少ない。社長のオペレーションがなくても問題ない。配達員も一人で構わない」

つまりは、午前中はカイトが全て引き受けるというのだ。

「は、配達以外なら多少手伝えるかも！」

ヨータはカイトに便乗するように言った。

「だから、白波さんとソラはボトルメッセージを届けに行って大丈夫。結果だけ教えて」

配達も謎解きも苦手だし、とヨータは苦笑した。

「二人とも……ありがとう」

ナギサは心打たれたように礼を言う。ヨータは照れくさそうに笑い、カイトは黙って頷いたかと思うと、ナギサの業務を引き継ぐべく、さっさとオフィスへと向かってしまった。

「それじゃあ、海原君。行こうか」

「はい！」

届け先不明のボトルメッセージ。届け先を発見し、無事に届けるというミッションが始まった。

ソラはライドに乗り、ナギサとともに朝日が射《さ》す荒川へと繰り出したのであった。


ナギサの白いライドは、陽光を受けて輝く水面によく映えた。

カイトのライド捌きほど鋭さはないが、ナギサの航行は安定感がある。その上、ソラに合わせてかのんびりした速度なので、ソラは周囲を見回す余裕もあった。

葛西臨海公園の観覧車に見送られながら、ソラは晴天の海に出る。

航行コースは、晴海フラッグに向かった時のルートを通り、更に先にある隅田川を上って浅草《あさくさ》へ向かうというものだった。そこから、地下鉄で上野に行くという。

朝のレインボーブリッジもまた美しかった。ライトアップはされていないが、真っ白な姿が輝いて見えた。

その先に見えるビル群もまた、日光を反射して眩しかった。

だが、晴海フラッグの近くに差しかかると、また、ならず者たちが現れるのではないかと身構えてしまう。

「この辺りで襲われたのかい？」

ナギサに問われ、ソラは頷く。

「あいつら、何なんでしょう。女の子向けのドールハウスとか、絶対いらないはずなのに……」

「略奪行為自体が目的のようだからね……」

「それ、カイトさんからも聞きました……」

ナギサとソラは、同時に溜息を吐く。

「闇取引で手に入れた改造ライド――すなわち、違法ライドに乗っている海賊の話は、海の仲間の中でたびたび話題になるよ」

ナギサ曰く、小型船舶を襲うこともあるらしい。ナギサの釣り仲間や、レンタルボートで観光をしていた人たちも襲われたという。釣り具が奪われることもあれば、ブランド物を奪い去られたこともあるらしい。

「どうしてそんな犯罪行為を……」

「どうしてだろうね。ライドは簡単に手に入るものでもないし、海に出ている人も多くはない。単に略奪目的だったら、わざわざライドに乗って海で暴れる必要もないと思うんだ」

ナギサの言う通りだ。陸上で略奪行為をする方が安上がりだろう。

「海に出ている人を襲うことに目的が……？」

「そこにどんな意図があるのかわからないけど、そう考えるのが妥当だろうね。海上パトロールも動いているようだけど、巧妙に隠れていてなかなか見つけられないみたいなんだ……」

「うーん。海に出てる人が大変な目に遭うのは嫌だな。配達物も奪われたくない。人と人を繋ぐ、大切なものなのに」

早く捕まって欲しいとソラは思う。それと同じくらい、コーヘイの動機も気になる。

彼は一体、どのような思惑を抱いているのか。

「前回は、海原君と湊君が守ってくれて本当に助かったよ。こちらでもライブカメラなんかをチェックしているんだけど、彼らはなかなか神出鬼没でね」

「大丈夫。今度来た時は、返り討ちにしてやりますよ！」

「いや、無理しないで。従業員は替えが利かないんだから」

意気込むソラに、ナギサはやんわりと言った。

「本当に危険な時は、荷物よりも自分の身を守って欲しい」

「でも……」

「運び手がいなくなったら、心を繋ぐこともできないからね」

「……はい」

元気とやる気だけでは、どうにもならないことがある。ナギサはそれを心の底から理解している表情だ。

ソラもまた、自分の身は自分だけのものではないのだと自覚する。自分は、かもめ配達にとって必要な存在なのだ。

「あっ、水上バスだ！」

進行方向の隅田川から、天井がガラス張りの近未来を思わせる観光船がやってくる。ナギサはソラの手を引き、観光船に道を譲った。

大きな窓の向こうからは、外国人観光客が手を振ったり、カメラを向けたりしている。ナギサは笑顔で手を振り返し、ソラもまたぶんぶんと両手を振った。

「観光客が多いですね。ストリームライドが一般化したら、もっと盛り上がるんだろうなぁ」

「そうだね。湾岸エリアはより注目されて、観光客が押し寄せ、経済的にも豊かになるはず。そしたら、もっと色んなことができるようになると思うんだ」

ナギサはストリームライドが流行《はや》る未来と、その先を見据えて目を輝かせていた。

ソラは、そんな横顔をワクワクしながら見つめていた。

「そのためにも、頑張ろうね」

「はい！」

水上バスを見送り、隅田川をぐんぐんのぼる。

両岸はしっかりと舗装され、頑丈な橋がいくつも並んでいる。銀色の東京スカイツリーは見る見るうちに大きくなり、やがて、真っ赤な橋が見えてきた。

吾妻橋《あづまばし》というらしい。橋の麓には、水上バスの乗り場がある。

その手前に、屋形船が停泊する桟橋があった。

「ここからなら上陸できるよ。隅田川は上陸しやすいけど、神田川は難しいからね」

それが、ナギサが隅田川コースを選んだ理由だった。

桟橋では、屋形船の船長と思しき、日焼けした老人が待っていた。

「おう、白波の。また、借金して新しいこと始めたのか？」

老人は、白い歯を見せて手を振る。

「借金って言い方はやめてくださいよ。融資ですよ。それに、前の事業で借りたお金は返しました」

ナギサは老人に苦笑する。

「でも、今の事業でも金を借りてるんだろう?」

「それなりには。でも、行政から助成金が出てるので」

「へぇ、お上から。そりゃいいな。真っ当な仕事をしてるようで、俺は嬉しいよ」

老人は声をあげて笑う。

どうやら、彼はナギサの古い知り合いらしい。陸上でライドを持ち運ぶのは困難なため、彼に預けようというのだ。

老人は、白と空色のストリームライドをしげしげと眺める。

「こいつは、水陸両用にならねぇのか? スケートボードみたいに車輪が出りゃあ、わざわざ預けないでもいいだろ」

「水陸両用にはなって欲しいんですけど、単価が跳ね上がっちゃいますからね。一般化は難しいですよ」

「でもよぉ。今のままだと車で運ぶしかねぇだろうが。こいつを積載できる車が持てる連中ってなると、限られてくるんじゃねーか?」

「確かに……。そうなると、こういった船着き場でレンタルが出来たらいいのかもしれませんね」

「ただ、あっちこっちに置かないと意味ねぇぞ。あとは、観光地に近いところにしておけ。観光ついでに使う連中もいるだろうし」

「成程、たしかに。参考になります」

ナギサはつい、商売の話に前のめりになってしまう。

「バイクシェアみたいなものですかね」

ソラは、自分が借りていた自転車を思い出す。

「うん、そうだね。所有するのはハードルが高いし、バイクシェアの運用方法を参考にしてみようか」

「ん？　こいつはお前の弟子か？」

老人は、不思議そうにソラとナギサを交互に見やる。

「海原ソラ君。うちの新入社員ですよ」

「よろしくおねがいします！」

ソラは全身全霊で頭を下げた。

「おう。最近の若者は元気だな。こりゃあ、日本の将来も安心だ」

老人はカラカラと冗談っぽく笑いながら、二人分のライドを預かってくれた。

老人に何度も頭を下げつつ、ソラとナギサは地下鉄の浅草駅へと向かう。

船着き場を後にして大通りに出ると、吾妻橋もすぐそばにあった。

真っ赤な橋が押上方面に伸びている。その先には、巨大な電波塔の東京スカイツリーが堂々と聳《そび》えていた。

手前には、筋斗雲のようなアートを乗せたビルがある。どうやら大手ビール会社の建物で、筋斗雲に見えたのはビールの泡らしい。

「浅草だ！　テレビで見たやつだ！」

「はは。今度、浅草観光でもするかい？　今日は午後までに帰らないといけないから、難しいけど」

「雷門《かみなりもん》を見たいです！　あと、食べ歩きしたい！」

ソラは興奮気味に手を挙げた。

「それじゃあ、次の休業日は浅草見学をしよう。まずは、上野に行かないと」

「はい！」

地下鉄の駅はすぐ近くにあり、出入り口から大勢の人が出てくるところだった。

駅前はレトロなデパートやバーが並び、人力車がそばを通る。なかなか他では見られない光景だ。

毎日が新鮮で、ソラは東京に来て良かったと改めて思う。

そして、溢れる人々の流れに逆らうように、ソラはナギサとともに東京メトロ銀座線の駅へと向かった。

目的地は、上野。ボトルメッセージの届け先を探しに。


上野もまた観光客に溢れていた。

こちらは、近代的な建物と並んで昭和の面影がちらほらと窺える。

博物館に美術館、そして、動物園が揃った場所なので、老若男女、国内外問わず、多くの人が行き交っていた。

ソラは上野の様子に感動しつつ、辺りを見回しながらも、なんとかナギサについて行く。

ボトルメッセージに添えられたユーカリがコアラを示していたとしたら、その先はどうするのだろう。

まさか、コアラ宛というわけではあるまい。では、関係者宛だろうか。

だが、細かいことはユーカリの葉の謎が解けてからでいい。

ソラは楽観的にそう思いながら、日当たりのいい上野公園を往《ゆ》く。

動物園はすぐに見えてきた。子ども連れの客が入場口で並び、出口からはパンダのぬいぐるみを抱えてニコニコしながらやってくる客の姿がある。

「さて、入場まで少し時間がかかりそうだね。上野動物園はいつも人気だから仕方がないかな」

ナギサは入場口の人だかりを眺めつつ、そう言った。

「ゆっくり観光したいところだけど、まずはコアラを探さないとね。いや、コアラっていうかユーカリなんだけど」

「コアラ、どこにいるんですかね」

園内マップを見つけたので、二人で覗《のぞ》き込んでみる。

パンダ、ゾウ、ゴリラ、トラ、ハシビロコウ……。定番の動物からマイナーな動物まで揃っているようだが、コアラの名前が見つからない。

「んん？　コアラがいない？」

ソラは首を傾げる。

すると、ナギサはスマートフォンの着信に気付いた。どうやら、ショートメッセージを受信したらしい。

「瀬戸君からだ」

ナギサはヨータからのメッセージを読むと、乾いた苦笑を漏らした。

「どうしたんですか、ナギサさん」

「……上野動物園にコアラはいないってさ」

「えーっ！」

　東京で動物園と言えば、ニュースによく取り上げられる上野動物園を連想してしまう。しかし、東京には他にも大きな動物園があった。

　ヨータは二人を見送った後、どうも引っかかっていたという。それで念のため調べてみたところ、上野動物園にコアラがいないことが判明した。

「多摩《たま》動物公園の方なら、コアラがいるみたいだね」

「多摩動物公園ってことは、多摩川の方……」

「そう。多摩川まで行って、支流から行けるかもしれない。でも、航行距離が長すぎて、途中でバッテリー切れになりそうだね。公共交通機関を使った方がいいかも」

　多摩川は、東京都と神奈川県の境界を流れている川だ。城東からでは、かなりの距離になる。

「いずれにしても、これから多摩動物公園に行くのは難しいね」

　ナギサは腕時計を見やる。午後になったら配達の仕事が増えるので、多摩まで行く余裕はなかった。

「そっか……」

　ソラは残念そうに肩を落とす。

　ユーカリの謎が解けなかったのも悔しいが、上野動物園に入れなかったのも心残りだった。

そんなソラの心情を見透かすかのように、ナギサは優しく肩を叩く。

「上野には、会社の休業日にまた来よう。動物園もその時に連れてきてあげるよ」

「本当ですか⁉ やったー！」

ソラは両手を挙げて喜ぶ。子どものようなその反応を、ナギサは微笑ましげに眺めていた。

「それにしても、事前に調べてから来ればよかったですね……」

上野動物園を後にし、ソラは苦笑しながら言った。

「そうだね。次からは気を付けよう。でも、ストリームライドの新たな活用方法のアイディアをもらったし、今日の外出は無駄じゃないよ」

「はい！」

ソラもまた、浅草と上野の観光ができたので、得られたものもあった。

どんな時でも良かったこと探しをするナギサの人柄の良さを感じつつ、ソラはナギサとともに帰路についたのであった。


翌朝、いざ多摩動物公園と思いきや、新しいボトルメッセージが届いていた。

見つけたのは、またもやソラだった。

「二日連続でボトルメッセージが届くなんてことあるか？」

ヨータは疑わしげにボトルを眺める。今回のボトルは口の幅が広く、中には貝殻が入っていた。

「違う人が流したボトルにしても、かもめ配達まで来る確率は低いと思うけどね」

ナギサもまた、不思議そうな顔をしている。

「普通だったら見つけたやつが疑わしいんだけど、ソラがボトルメッセージを自作自演するとも思えないしな」

ヨータがソラを見やると、ソラも大きく頷いた。

「かもめ配達に着くように誰かが流してるとか？」

「その線が妥当だよな。何が何でも届けて欲しいものがあるとか……」

ヨータはボトルの中の貝殻を眺める。

ソラは、貝殻に見覚えがあった。貝殻を取り出すと、まだ磯の匂いをまとわりつかせて湿っていた。

貝殻の内側には、こう書かれていた。

『ここへ』——と。

「どういう意味だ？」

ヨータは、うろんな表情になる。

「昨日はユーカリだった。今日は貝殻。いずれも、届け先のヒントなのかも」

ナギサは、昨日のメモ書きと貝殻のメッセージが同じ筆跡なのを確認する。

「牡蠣だ」

ボトルメッセージに集まる三人に、声が投げられる。

少し離れたところで、カイトがたたずんで様子を眺めていた。

「やっぱり！　見たことがあると思ったんだ！」

ソラもまた、カイトの言葉で確信する。牡蠣の貝殻は、葛西臨海公園の砂浜で見かけている。

「でも、葛西臨海公園にユーカリなんてあったかな……」

首を傾げるソラの前にカイトはずかずかと歩み寄ると、牡蠣の貝殻の匂いを嗅いだ。

「この辺りの海の匂いがする」

「匂いで海が特定できるなんて……！」

ソラとヨータは目を丸くする。

「旧江戸川の匂いとは少し違うな。荒川の匂いの方が濃い。葛西の海の混ざり方とは違う……」

カイトは、もはや彼にしかわからない感覚を頼りに推理を始める。三人は固唾を呑みながらその様子を見守るものの、カイトは首を横に振った。

「これ以上はわからないな。すまない」

「いや、そこまでわかったら達人ですよ！」

ヨータがツッコミをし、ソラが大きく頷く。

ナギサは慣れた様子で、話を先に進めた。

「そうなると、葛西臨海公園の牡蠣ではないということだね。荒川近くの東京湾で、しかもユーカリがある場所……か」

「陸上のことは詳しくない」

カイトはそう言って、ボトルメッセージの謎解きから離脱し、自分のライドのメンテナンス状況の確認に戻った。

なんというマイペース。だが、カイトのお陰で場所は絞れた。

「問題は、ユーカリかぁ……」

ヨータは天井を仰ぐ。東京にユーカリが野生で生えることはないので、植樹されているということなのだろう。

「手紙、見てみようか」

ナギサは最初に見つかったボトルを手に、そう言った。ヨータはギョッとした顔になる。

「ええっ！　いいんですか？」

「本当はよくないんだけど、想いを届けるためには仕方がないよ。それに、ボトルメッセージを送っている以上、全く関係のない第三者に見られることも想定しているだろうしね」

「まあ、それもそうか……」

「プライバシーにかかわりそうなところは読まないようにしよう。届け先のヒントだけを見つける感じで」

ナギサはそう言って、ボトルメッセージの手紙を丁寧に開封した。と言っても、封筒は糊《のり》付けすらされてなく、あっさりと開いた。

封筒はシンプルな白封筒だ。中に入っていたのは、やはりシンプルな便箋である。万年筆で書いたと思しき、黒インクの文字が美しく整列していた。便箋はかなり古いもののようで、端々に紙のほころびが窺えたので、ナギサは慎重に広げる。

ソラとヨータも手紙の中身を覗き込んだ。

内容はどうやら、恋文のようであった。

何やら詩的で優しい言い回しが多く、ソラは、恋の相手に向けたような文章はできるだけ目に入れないようにした。他人の恋文を読むほど野暮な性格ではない。

「あっ、これ！」

ソラが指さしたのは、「空港になるはずだったこの場所で」と書かれた部分だった。

「場所を示す言葉だ。もしかしたら、届け先のヒントかもしれない」

「空港予定地ってことですよね。羽田以外に、どこかにあったのかな」

ナギサが凝視し、ヨータは首を傾げる。

「調べてみよう」

ナギサは便箋を畳み、封筒の中に丁寧にしまって、ボトルの中に戻した。ソラがボトルを受け取り、ナギサは二階のオフィスからノートパソコンを持ってきて、一同の前で調べる。

「わかった！」

「えっ、どこですか？　遠いですか？」

多摩動物公園のように、ライドで行くのが難しい距離でないことをソラが祈る。

「すぐ近くだ。行って帰ってくるのに、そこまで時間がかからないと思うけど……」

ナギサの表情に迷いが窺える。

そんな時、我関せずという表情で出動準備をしていたカイトが声を投げた。

「行けばいい。まだ早い時間だ。フォローはできる」

「湊君……！」

「一度始めたことは、最後まで見届けないと気が済まないことは知っている」

うのだ。

カイトは、ナギサとソラが上野に行った時のように、午前の業務を引き受けるとい

カイトの意図に気付いたヨータも、こくんと頷いた。

「自分も湊さんと連携してどうにかするので、二人はそのボトルメッセージを届けてください！」

「ありがとう、瀬戸君」

ナギサは嬉しそうに微笑んだ。

「俺もいいの……？」

ソラは、遠慮がちな態度でヨータに問う。

「なんだよ。いつもだったら、テンション上げて行こうとするのに」

「だって、二回目だし。ヨータとカイトさんに任せっぱなしは悪いよ」

それに、ソラがいないといけないわけでもない。洞察力が高いナギサは、一人でも手紙を届けることはできるだろう。

だが――。

「悪くない」

ヨータは断言した。

「こっちで何とかできることだしさ。その代わり、ソラが何とかできることがあった

ら、手伝ってくれればいいよ」

要は、お互い様ということらしい。

「お前も、最後まで見届けたいタイプだっていうのはなんとなくわかるしさ」

「……有り難う！　無事に届けられたら報告する！」

「おう」

ヨータの言う通りだ。

ソラもまた、自分が関わったことは最後までやりたいし、見届けたかった。ボトルメッセージの宛先は何処の誰なのか。想いはちゃんと繋がるのか。

「よし。行こうか、海原君」

「はい！」

ナギサとソラはライドに乗り、舟屋を出て青空の下に躍り出た。

ナギサが向かったのは、新木場《しんきば》だった。

荒川の河口付近から水路に入ってしばらく行くと、ソラは目の前の光景に声をあげた。

「わあ……っ！　船がたくさん！」

青い空に白い雲、そして、白い船体がずらりと並んでいる。

水路の先にあったのは、ヨットハーバーだった。

日本とは思えない光景に、ソラは目を輝かせる。

ヨットハーバーの奥にはドーム状の建物が窺えた。どうやら、そこに植物園があるらしい。

「新木場っていう地名は知ってましたけど、こんなところだったんですね！」

「いいだろう。アメリカの西海岸みたいだという人もいるね。僕も好きな場所なんだ。この辺りは、『夢の島』とも呼ばれているよ」

「夢の島ァ⁉」

ソラの声が裏返る。

「どうしたんだい？」

「だって、夢の島って言ったらゴミの埋め立て地だって……」

確か、父が持っていた漫画でそんな描写があった気がする。それを聞いたナギサは、ぷっと軽く噴き出した。

「それは昭和の古い時代の話だね。僕が生まれるはるか前から、公園として整備されているよ」

「そ、そうなんですか……」

父の持っていた漫画は、かなり古かった気がする。江東区の事情をサッパリ知らないソラの知識は、漫画が描かれた時代から更新されていなかったのだ。

「えっと……、ここにユーカリがあるんですか？」

ソラは己の無知を恥じつつも、植物園の方を見やる。

「ユーカリは……どうだったかな。ごみ処理場の熱を利用して熱帯の植物を育てているようだけどね。何度か来たことはあったけど、植生まで気にかけてなくて」

ナギサは、恥ずかしそうに苦笑いした。

「ただ、ここは元々空港予定地だったらしいよ」

「えっ、ここが？」

「俄《にわ》かには信じがたいけどね」

ソラは辺りをぐるりと見渡すが、全く想像がつかなかった。

ヨットハーバーの近くには芝生が敷かれており、数組のファミリーがレジャーシートの上で談笑していた。かと思えば、ベンチで居眠りをしているビジネスパーソン風の男性もいる。

のどかな風景だ。

海の優しい匂いもするし、ソラはすぐにその場所を気に入った。

犬を連れて散歩をしている人もいる。嬉しそうに尻尾を振りながらのしのしと歩くゴールデンレトリバーを目で追っていると、ふと、不思議な雰囲気の人が視界に入った。

「あれ……?」

それは、身綺麗な年配の女性だった。若い頃は、誰もが振り向く美人だっただろう。今もなお、美しいその姿から、ソラは目が離せなかった。

単に、彼女が綺麗だからというわけではない。そこに物悲しさを感じたからだ。

老婦人の視線は、青い空のはるか向こうを見つめているようであった。どこか虚《うつ》ろで、浮世離れしている。

ソラは居ても立ってもいられなくなって、ライドを着岸させて上陸すると、老婦人に声をかけた。

「あの、大丈夫ですか?」

「えっ……?」

老婦人は不思議そうにソラを見やる。

「ここではない、どこか遠くを眺めているような気がして……」

そのまま、老婦人が消えてしまいそうな気がしたのだ。そんな恐ろしい錯覚に見舞われたので、ソラはつい、声をかけてしまった。

老婦人は戸惑うように視線をさまよわせた後、申し訳なさそうに目を伏せた。

「ごめんなさいね……。こんな若い子に心配させちゃって……」

否定しなかった。やはり、ソラが感じた通りであった。

「いえ……。でも、なんか力になれることがあったら言ってください！　俺、体力だけはあるんで！」

ソラは、実用的な肉付きの上腕二頭筋を見せる。

しばらくの間、老婦人はぽかんとしていたが、やがて、くすりと微笑んだ。

「ふふっ、ありがとう。でも、あなたのような若い方の手を煩わせるのは申し訳ないわ」

「そんなことないです！　人の役に立ちたいですし！」

「あらあら、立派なことね。その太陽のように溢れる元気も……あの人のよう」

「あの人？」

老婦人がひどく悲しそうな顔になったのを、ソラは見逃さなかった。

「大切な方との思い出に浸っていたんですか？」

あとから来たナギサが、やんわりと尋ねる。

「ええ……。でも――」

老婦人は愁いを帯びた顔を上げる。

だが、ナギサを見た瞬間、その表情は一変した。

「あなた……その瓶……！」

老婦人の視線は、ナギサというよりも手にしたレトロなボトルに釘付けだった。ナギサはその反応に驚きつつも、老婦人にボトルを見せる。

「これを……何処で……？」

「昨日、荒川の中州にある舟屋に流れ着いたんです」

ナギサはそう言って、自分たちがかもめ配達の従業員であることを明かす。

「かもめ配達って、あの海沿いや川沿いのお宅に荷物を届けるっていう……。ああ、それだから流れ着いたのね……。そう……昨日……」

老婦人は、納得したようにボトルを見つめていた。

「もしかして、こちらに見覚えが？」

「ええ……。でも、そんな偶然……あるはずない……」

「中の手紙、ご覧になりますか？」

ナギサに問われ、老婦人は戸惑いながらも頷いた。

彼女は老いてもなお美しい指先で、丁寧に手紙を広げる。

「ああ……！」

手紙に目を通した瞬間、老婦人は泣き崩れんばかりに声をあげた。彼女がよろけそうになるのを、ソラが支える。

「そんな……まさか……」

「……どうしたんですか？」

ソラが心配そうに尋ねると、老婦人は目を大きく見開いて振り返る。動揺と衝撃、しかし、その中に感動と喜びを湛えて。

「これは……夫が私に宛てた手紙です」

「ええっ！」

なんたる偶然。手紙が指し示すヒントを頼りに辿り着いた場所に、手紙を宛てた相手がいるなんて。

しかし、老婦人の話には続きがあった。

「夫は、ずいぶん前に亡くなりました……」

「えっ！　それじゃあ、生前流したボトルメッセージがかもめ配達に……？」

「いや……、それはおかしい」

ソラの推測を、ナギサは否定した。

「今日、昨日の僕たちの迷走を見かねたかのように、追加のヒントが来たじゃないか。あの牡蠣の貝殻はまだ瑞々しかったし、リアルタイムで流していたとしか思えない」

「確かに……」

ナギサとソラは狐《きつね》につままれたような顔をしていたが、老婦人だけが納得したような表情だった。

「きっと、夫が彼岸から送ってくれたのでしょう。手紙もそのような内容でした」

寂しい想いをさせてすまない。

海が繋がっているように、自分はいつも繋がっている。

見守っているから、お前はこっちへの土産話をたくさん作っておいてくれ。

手紙には、そんな内容が丁寧に書かれていたという。

「そうですか……」

ナギサもソラも、手紙についてそれ以上追及するのは野暮のように思えた。老婦人は、幸せそうな顔で手紙を胸に抱いていたから。

「昨日、夫との結婚記念日だったんです」

「そうだったんですか……！」

「ええ。夢の島は夫と出会った場所で、夫が生きている時は毎年のように訪れていたんです。と言っても、今のように綺麗に整備されてからですけど」

夢の島は、かつて空港予定地だったという。そのため、元々は海だったところを埋め立てたのだ。

大規模かつ羽田よりも利便性が高い空港を予定していたが、拡張が難しいという理由などで計画が中止となり、紆余曲折《うよきょくせつ》あって海水浴場になったそうだ。

都心からの近さもあり、東京のハワイと呼ばれて人気になった。夢の島という名前は、その時の「夢の島海水浴場」から来ているという。

「へー、ここが海水浴場だったなんて……！　でも、どうして海水浴場じゃなくなったんですか？」

ソラは、異国情緒あふれるヨットハーバーを眺めながら、かつての姿を想像する。波はほとんどなく、穏やかな海面が青い空と白い小型船を映し出して美しかった。きっと、海水浴場の時代も楽園のような場所だったのだろう。

「台風で被害を被ったり、財政難だったりという話も聞きました。荒川は今でこそ溢れにくくなりましたけど、昔はひどかったんです」

老婦人は顔を曇らせる。

海水浴場がオープンしたころに到来した台風のせいで、荒川が氾濫して大規模な被害を出している。それ以来、荒川の治水を見直したそうだが、夢の島も大変な被害になったことだろう。

「海水浴場は、たった三年で閉鎖されてしまいましてね。しばらく経ってから、当時のゴミの埋め立て地がいっぱいになったからって、夢の島を使うことにしたんです」

「あっ、漫画で見た夢の島……！」

ソラがイメージしていた夢の島と、実際の夢の島が重なった瞬間だった。

現在はゴミを燃やして灰にしてから埋め立てを行っているが、当時はそのまま埋め立てていたという。生ごみもあったため、ハエが飛び回ってひどい有り様だったそうだ。

「かつての海水浴場がそんな……ひどい……」

美しかった海を汚すことにもなっただろう。

ソラは、想像するだけで胸が締め付けられるような気持ちだった。

「まあ、当時は今のような知識も技術もなかったからね。仕方がなかったんだろうけど……」

ナギサは当時のことをフォローしつつも、心を痛めている様子だった。

老婦人も、痛ましい表情で続ける。

「東京中のゴミがこの場所に捨てられました。近くの南砂町まで大量のハエが飛んできたんですよ。それで、お上はこのままではよくないと言って、各区に清掃工場を作ることにしたんです」

その時も、杉並《すぎなみ》区の住民が自身の区に清掃工場を作ることに猛反発し、江東区にゴミを持ち込まれそうになったのを江東区が阻止したなど、様々ないざこざがあったという。

だが、ひとまずゴミ問題が決着し、夢の島には大規模な公園計画が立案された。

清掃工場の余熱を使った温室と、数々のスポーツ施設へと生まれ変わることになったのである。

夢の島に堆積していたゴミは燃やし尽くし、あとには荒れ地が残っていた。その荒れ地を再生するために、荒れ地で潮風を浴びても力強く育つユーカリが植えられたという。

「あっ、それでユーカリの葉……！」

ソラは、ボトルにユーカリの葉が添えられていた意味がわかった。

「ユーカリの木は公園の方にあります。この島を救ってくれた救世主ですね」

ドーム状の温室の向こうに、芝生が敷かれた緑豊かな公園があるという。

老婦人が指し示した先に、清掃工場の長い煙突も見える。だが、ハエも悪臭もなく、心地よい潮風が頬を撫でるだけだ。

「海水浴場じゃなくなってしまったけど、美しい場所に戻って本当によかった。そう思いながら、私は結婚記念日のたびに夫と来ていたんです。夫が亡くなってからも、ずっと……」

「そうだったんですね……」

「この瓶、海水浴場で夫が拾ったんですよ。いつの間にか見当たらなくなってしまって、ずっと探していたんです」

老婦人は手紙が入っていたボトルを撫でる。

「えっ、そうだったんですか……⁉」

レトロなボトルだと思ったが、まさか昭和の時代のものだったとは。

「このボトルを拾った時、夫が言いました。『もし離れ離れになっても、君にボトルメッセージを送るよ』って。離れ離れだなんて縁起でもないと思ったけど、それでも、嬉しい気持ちもあったんですよね」

当時は、携帯電話なんてなかった。そんな中、いつもそばにある海を通じて、愛《いと》しい人と繋がっているという感覚が嬉しかった。

その時に感じた気持ちが、二人を結ぶきっかけになったのである。

「夫は約束を守って、このボトルでメッセージをくれたのでしょうね……」

「でも、どうして俺たちに……。奥さんのところに直接送れなかったのかな？」

ソラが首を傾げると、ナギサが答えた。

「夢の島は浜がないし波も来ないから、ボトルメッセージが流れ着きにくいんじゃないかな。だから、想いを繋ぐ僕たちに託されたんだと思う」

「そっか……」

そう思うと、ソラは誇らしい気持ちになった。

老婦人はしばらくの間、愛おしそうに手紙を見つめていたが、やがてハッとする。

「そうだわ。手紙を届けてもらったのなら、お礼をしなくては。宛先不明でお手数をお掛けしたでしょうし、おいくらになりますか？」

「構いませんよ。今回はサービスということで」

ナギサは笑顔でさらりと言った。

「でも……」

「僕たちも勉強させてもらいました。夢の島の歴史について、そこまで詳しくなかったですし。この体験が、何よりの報酬ですよ」

断言するナギサは、絶対に報酬を受け取らないだろう。そう察したのか、老婦人は

「……そう。それなら……」

感謝をするように引き下がった。

「かもめ配達さん、今回は本当にありがとうございます。夫と私は離れ離れになってしまいましたが、海を通じて繋がっているのだと実感いたしました。だからもう、寂しくありません」

老婦人の双眸は、力強さを取り戻していた。彼女は夫がいない寂しさを紛らわせるために、夢の島に来ていたのだろう。

しかし、これからは夫の存在を感じるために、前向きに生きるために来るのだ。

そう確信させるほどのしっかりとした足取りで、老婦人は何度も振り返って頭を下

げながら去っていった。


老婦人を見送った後、ナギサの提案でユーカリを見に行くことにした。

ライドをマリーナに預け、温室のドームがある高台へと向かう。

上陸してヨットハーバーを後にすると、すぐに生い茂った緑が二人を迎えた。

潮風に揺られて葉がこすれる音がする。彼らはソラ達を歓迎しているように思えた。

高台へと上り切ると、一気に視界が広くなる。青い空に迎えられ、ソラは思わず目を輝かせた。

「すごい……夢の島だ……！」

見渡す限りの芝生の広場では、子どもたちが遊んでいた。広場脇の通りにはヤシの木が植えられており、南国情緒が漂っている。他にも、普段はお目にかかれないような熱帯の植物がちらほらと窺えた。

海水浴場はないが、笑顔と緑で溢れている。工業地帯の中とは思えない、自然豊かな楽園のような風景であった。

足元に落ちている葉っぱには、見覚えがあった。

「ユーカリだ！」

ボトルに収められていた葉っぱと同じだ。ソラは興奮気味に葉っぱを手に取る。

「ここのユーカリが入れられていたんだね。いやはや、盲点だったよ」

ナギサは苦笑した。

「それにしても、不思議な依頼でしたね」

ユーカリの葉を地面に戻しながら、ソラはぽつりと呟く。

「夫が亡くなっているはずなのに、ヒントが流れてくるなんて。まるで、俺たちの様子を見てたみたいだし、結婚記念日に合わせるように、かもめ配達に流れ着いたのも不思議ですよね」

老婦人の縁者が彼女の様子を見かねて、夫を装ってかもめ配達へ依頼したのだろうか。だが、あまりにも遠回りすぎるし、届けられる保証だってない。

夫が生前出したものにしても、第二のヒントとして流れてきた牡蠣の説明がつかない。そもそも、老婦人へ確実に届けるのなら、ボトルメッセージでなくて郵便の方がいいだろう。

不思議で非合理的な話だった。

ソラは右へ、左へと首を傾げていた。

「そう、不思議だよね。でも、そういうものなんだと思うよ」

ナギサはのほほんと微笑みながら、そう返した。

「海は、人間が知らない一面をたくさん持っている。その一つが、僕たちに作用したんだ」

「俺たちの知らないことが……」

海は地球のかなりの割合を占めているというのに、明らかになっている部分は少ないという。

だから、何が起こっても「そういうもの」だと思うということか。

「……そっか。そうですね！」

ナギサの器の大きさに、ソラもまた便乗することにした。

あれこれ考えても仕方がない。老婦人と夫の想いが繋がったという事実は変わらないし、ソラはそれでいいと思っていた。

「そうだ。せっかくだし、熱帯植物館に寄って行くかい？」

ナギサはドーム状の建物を指さす。ソラは迷うことなく頷いた。

「はい！」

「いい返事だ。中にカフェがあるから、少し休んで行こう」

ソラとナギサは熱帯植物館へと向かう。再生された美しい埋め立て地で遊ぶ、未来を担う子供たちの元気な声を聴きながら。

第四章　海鳥たちの祭り

「みんな、聞いて！」

昼休みが終わり、午後の配達へ行くために舟屋で準備運動をしているソラとカイトのもとに、二階のオフィスで仕事をしていたナギサがすっ飛んできた。工具を出し始めたヨータもまた、目を丸くしてそちらを見やる。

「荒川の下流――つまりこの辺で、イベントを行うことになったんだ！」

「おおー」

ソラとヨータは拍手をして盛り上げる。

しかし、話はそこで終わらなかった。

「そのイベントの目玉として、ストリームライドのライドショーを行うんだ！」

「ええーっ！」

ソラとヨータは目を丸くした。

「それって、俺たちがショーをするってことですか？」

「もちろん！」

ナギサは力強く頷いた。

「湊さんとソラで？」

ヨータが尋ねると、ナギサは首を縦に振ってから横に振った。

「もちろん、その二人には出てもらうけど、僕も出るよ！」

「やったー！」

ソラとヨータはハイタッチをした。

ソラは、憧れの先輩であるカイトと、頼れる社長のナギサとともにショーに出られることが嬉しかった。

しかし、引っかかることがある。

「あれ、ヨータは？」

「ライドは三機しかないからね」

「はっ、そうだ！」

ナギサに言われ、ソラはハッとする。ヨータのライドはソラが使ってしまっていた。

「自分はいいよ」

ヨータはあっさりした態度でそう言った。

「別に、乗るのが得意なわけじゃないし。それに、メカニックがいないと、万が一の時に対応できないだろ？」

「で、でも……」

ソラは、ヨータが乗る機会を奪ってしまっているのではないかと思ってしまう。しかし、そんな思いを払拭するかのように、ヨータは歯を見せて笑った。

「いいんだよ。お前がライダーとして誇りを持っているように、自分はメカニックとしての誇りを持ってるから。むしろ、機械いじりがアイデンティティみたいなものだから、これができないと困るんだよ」

「そっか……！　それじゃあ、ヨータの分まで走ってくる！」

「ああ。そうしてくれ」

ソラがぐっと拳を握ると、ヨータは自らの拳を重ねた。

「そして、ヨータがいっぱい仕事できるように、ちょっと無茶してみる！」

「それはやめてくれ……！」

無駄なことをしそうなソラに対して、ヨータは震えながら拳を押し返した。

ナギサは二人の様子を微笑ましげに眺めていたが、無言で耳を傾けていたカイトに話を振る。

「湊君は、問題ないかな？」

「ない」

「それはよかった。江東区と江戸川区が支援してくれているイベントだし、有名企業もそれなりに来るみたいだからね。アピールできればいいと思って」

江戸川区は、江東区の隣にして葛西臨海公園がある区だ。江戸川と旧江戸川と荒川に囲まれている地区で、ソラも何度か配達をしに行ったことがある。

「二区が支援してくれるのは胸が熱くなりますね！」

ソラは目を輝かせる。

「ああ。それに、有名企業にアピールできたら事業を支援してもらうきっかけになるかもしれない。スポンサーがつけば、もっと色々なことができるようになる」

ナギサは静かに野心を燃やした。

「スポンサーっていうと、スポーツ選手がユニフォームにロゴを貼るやつ……」

ソラはなけなしの知識を総動員させる。

「そうそう。僕たちもお揃いのユニフォームを着て、スポンサーのロゴを背負って仕事をしてもいいかもしれないね。それだけで企業は宣伝になるし」

「お揃いのユニフォームはカッコいいですね！」

ナギサの提案に、ソラは目を輝かせた。

「お前はどんな企業のロゴを背負いたい？」

ヨータは、ソラを肘で小突きながら問いかける。

「ヨータは？」

「工業系か化学系の企業がいいな。技術者っぽいやつを背負いたい」

「じゃあ、俺はトイレのメーカーかな」

「なんで⁉」

全く迷わなかったソラに、ヨータは目を剝いた。ソラはキョトンとする。

「だって、いつもお世話になってるし……」

「そりゃあそうだけど……。お前がトイレ掃除の当番の時、めちゃくちゃ綺麗に磨く理由がわかったよ……。トイレの神様に愛されるタイプだな……」

ヨータは、半ば感心するようにソラを見つめていた。

「カイトさんは？」

ソラは、我関せずという顔をしているカイトに問う。

「特にない」

カイトの返答は、やはり素っ気ないものだった。しかし、ソラは続ける。

「環境保全団体のロゴとか」

「…………悪くない」

長い沈黙の後、カイトはぽつりと答えた。

「あの湊さんの好みを把握している……」

ヨータは、カイトとすっかり馴染《なじ》んだソラに戦慄する。

「環境保全団体自体が支援で成り立っているようなものだから、サポーターになってもらうのは難しいかもしれないけどね……。逆に、僕たちが彼らの手伝いをできるくらいになりたいものだよ」

そんなナギサの言葉に、カイトは無言で頷いた。海を愛する彼らしい反応だ。

「ストリームライドは太陽発電で動くエコな乗り物だ。船よりも小回りが利くし、水深が浅い場所にも行けるから、昔に作られた水路も活用できる。水と共存したサステナブルな活動。そこを前面に打ち出してアピールしてみるよ」

持続可能な社会が求められている今、その主張が追い風になるはずだとナギサは言った。

ソラは、難しいことはよくわからないが、昔の人たちが作ったものを活用できるのはいいと思った。

江東区の北へ行けば水路が多く、南へ行けば海が開けている。

海は貨物船や観光船が航行しているものの、水路を往く船はほとんど見ない。橋の上から景観を楽しむのもいいかもしれないが、実際に水路を走ってみるとまた違った景色が見えて楽しいし、新たな街の魅力にも気付けるのだ。

それに、自転車で陸路を走った時は、信号待ちが多くて意外と時間がかかってしまったのだが、水路は信号がないので移動が楽だった。水路がもっと有効活用できるはずというのは、論理的な考え方が苦手なソラでもわかることだった。

「水と共存……か。今よりももっと、水と親しくなれればいいなと思います」

「うん。せっかく、身近に素晴らしい資源があるからね。資源を守りつつも活かすことができれば、もっと豊かな生活ができるはずなのさ」

イベント自体もまた、それが狙いなのだとナギサは付け足す。イベントに参加するのは、かもめ配達と同じく、水と共存したサステナブルな活動をしている企業や団体ばかりだという。

「さっきは企業側の話ばかりしてしまったけど、一般の人でも気軽に参加できるイベントだから、一般人にもアピールするチャンスなんだ。こっちは、サステナビリティよりエンタメがよりいいかもね。僕は当日に向けてプレゼンの資料を作ろうと思うけど、盛り込んで欲しいことがあったら遠慮なく言って」

ナギサはぱちんとウインクをする。

ソラはハッとして、カイトの方を見やった。

「カイトさん、一般のお客さんに何か主張したいことはありませんか？　自然を守ろう的なアピールとか！」

「……荒川に生息する水鳥の生態について。水鳥について興味を持ってもらえたら、保全に繋がるかもしれない」

カイトはぽつりと呟く。

「それはいいね！」

ナギサは即座に賛成した。

「せっかく、社名にカモメの名前を使わせてもらっているわけだしね。荒川のカモメを中心に紹介してみよう」

ナギサの言葉にカイトはしばらく沈黙した後、ぽつりと言った。

「……解せないことがある」

「えっ、なに？　なんで殺気立ってるの？」

カイトの眉間には皺《しわ》が寄り、鋭い視線をナギサに送っている。静かに怒っているカイトを見るのが初めてだったため、ソラはヨータとともに震えながら見守った。

「たしかに、荒川にはカモメがいる。だが、カワウの方が多い」

「カワウ配達の方がよかったってこと⁉」

ナギサが目を剝き、カイトは頷いた。

「カワウは、よく群れを成して飛んでるけど、一般の人は直感的にわかりにくいと思うよ……」

ナギサの言うことは一理ある。

カモメは海鳥の代表と言わんばかりにあちらこちらで取り上げられているが、カワウはそこまでメジャーではない。ソラも辛うじて鵜飼いを知っていたくらいだ。

「それに、釣りをしている目の前で魚を奪っていくからね……！　彼らは僕の撒き餌《まえ》で寄ってきた魚を、次々と食べていくんだよ！　素潜りが上手い彼らの前で、いくら釣り糸を垂らしても意味が……！」

ナギサは悔し涙を流す。どうやら、彼自身の苦い経験から、カワウを苦手としているらしい。

「まあ、白波さんの私怨はさておき。魚を丸呑みにしているイメージが強いし、配達業っぽくないかも」

ヨータも納得したように頷いた。

「カモメも何かを運ぶイメージはない」

カイトは眉間に皺を寄せたまま断言した。

「やめて！　今更、うちのアイデンティティを揺らがせないで！」

ナギサは悲鳴をあげながら、カイトの言い分を封じようとする。

話はそのままてんやわんやになり、結局、その日はまとまらなかった。

終業時間になり、ソラはかもめ配達を後にした。

ナギサはプレゼンの資料を作るために残業するという。そのため、夕食は各自でとるようにとのことだった。

江戸川区方面へと消えていくカイトを見送り、ソラはヨータとともに自転車で砂町銀座へと戻る。ソラの自転車は買ったばかりの新品で、夕日を受けて滑らかに輝いていた。

南砂町は、帰路につく人々で溢れていた。

自転車の前方と後方にチャイルドシートをつけて、子どもを乗せながら爆走する母親に抜かれつつ、疲れてぼんやりとしながら自転車のレーンを歩いているビジネスパーソンを避けながら、ソラとヨータは並走する。

「それにしても、この辺は自転車が多いなぁ」

ソラは、背中をしゃんと伸ばしながら自転車を走らせるお爺《じい》さんとすれ違いながら、ぽつりと呟いた。

「逆に、自転車がないとちょっと不便だからな。ここら辺は特にスケール感が大きいんだよ。大規模な団地やマンション、倉庫や工場が多いし」

南砂町駅周辺は、再開発の影響で大規模なマンションが多い。「三軒先」がかなりの距離になることもある。東京二十三区内だというのに。

「元八幡《もとはちまん》から先は、江戸時代は海だったみたいだしさ。あとで埋めたところは、元々あったところと用途が違うから、雰囲気もがらりと変わるんだろうな」

ヨータが元八幡と呼んだのは、富賀岡《とみがおか》八幡宮という神社だ。南砂町駅から東に少し行ったところに、厳かにたたずんでいる。

歌川広重《うたがわひろしげ》の「名所江戸百景」にも描かれており、江戸時代は桜の名所だったという。周囲は葦《あし》が生い茂る砂洲で、満潮になると海に沈んでいたそうだ。

「元々が満潮で水没するところとなると、海抜も低いんじゃあ……」

「そう。海抜ゼロメートル地帯なんだ。昔、大型台風が直撃した時は町中が水浸しになったらしい。今だって、自分たちがよく走っているあの荒川の堤防を超えられたらとんでもないことになる」

「海抜ゼロメートル地帯が危ない、みたいな話は聞いたことがあったけど……」

ソラの実家は浸水とは縁遠い場所だ。浸水など対岸の火事のように思っていたが、まさか、新天地でその脅威が身近になるとは。

「でも、津波はあんまりこないって」

「そう。津波が来る可能性は低い。だが、高潮はやばい」

「満潮じゃなくて、高潮？」

聞きなれない単語に、ソラはオウム返しに問う。

「台風みたいなやばい低気圧が来ると、気圧が低下したせいで海面が吸い上げられるんだよ。その結果、海面が上昇して満潮以上になることがある」

海抜が低い地域は水に呑まれてしまう。区が配布しているハザードマップでも、水害によるリスクが強調されているという。

「それじゃあ、やばいじゃないか」

「やばいんだよ。でも、それはみんな知ってる。やばいのを把握したうえで、万が一の時にどうするか頭に入れておくんだ」

ヨータは自転車を走らせながら、避難先として指定されている場所を教えてくれた。シェアハウスにも防災グッズが常備されているという。

「水と共存するって、そういうことか……」

「ああ。自然は恵みもくれるけど、時として脅威になる。人間に対策できることはしておいて、対策が難しそうならば、やり過ごせるように備えておくしかない」

大切なのは、どのようなリスクがあるか知り、有事の時にどう動いたらいいか把握しておくことだという。

「海抜ゼロメートル地帯は危ないって言われるけど、だからって住まないのは勿体無いと自分は思うんだ。だって、こんなにいい街だし」

ヨータの言っていることはよくわかる。ソラも同じ気持ちだった。

「俺が住んでたところも自然が豊かで良かったけど、海は遠いし印旛沼ですら遠いし……。とにかく、水の気配はあまり感じなかったな」

だからこそ、水辺に憧れていたのだと思う。

だからこそ、海を見た時に感動したのだと思う。

ソラはもう、海が遠い場所には住めないと思った。それほどまでに、海の魅力に取りつかれてしまったのだ。

水鳥と並走し、水面にボラが飛びあがるのを眺め、ナギサが釣った魚を味わい、コアジサシのために砂浜で白い貝殻を拾い、何処までも続く海と空を、潮風を感じながら走るのが好きだ。

それらの恵みと末永く付き合うためにも、海を正しく理解しなくてはいけないと感じた。

「因みに、会社は高潮で沈むから」

「だよね……！」

荒川の中州は堤防の外でノーガードだ。

「白波さんは、会社の建物が海に持っていかれたらまた建てればいいっていうスタンスなんだ。だから木造なんだよ」

「そうなんだ⁉ レトロでカッコいいからじゃなくて！」

「海に攫《さら》われたら、建材が自然に還《かえ》るようにってさ。まあ、あそこは特別に借りているところだし、何かあったらすぐに解体できるようにしているとも言ってた」

「へー……！」

ソラは感心する。災害をやり過ごすのはナギサらしいと思った。

「まあ、従業員である自分たちは、さっさと避難できるようにしてるから、安心しなよ」

「う、うん」

ソラはこくこくと頷く。清砂大橋から伸びる階段は、かもめ配達が作ったものだ。利便性がいいからというだけではなく、万が一の避難経路にもなるという。

そうしているうちに、砂町銀座の入り口に辿り着く。

夕方でも人でごった返しているため、ソラとヨータは自転車を降りてから足を踏み入れた。

「夕飯どうする？」

ヨータはソラに尋ねる。

商店街には食べ物のいい匂いが充満していて、二人のお腹は揃って鳴った。

「砂町銀座で食べたいものがあったし、買い食いかな。ナギサさんの分も買おう。帰宅してから作るのって大変だろうし」

「それは大賛成」

「ナギサさん、食べられないものってある？」

「なんだろう。魚介類は全部食えるって言ってた。あの人、苦手なものがありそうに見えないんだよな」

「それはわかる」

ナギサは高級食材から野草まで、美味しく食べられそうなくらいタフネスな雰囲気だ。一見すると爽やか好青年なのに、妙にサバイバー気質だ。

「お前は食えないものあんの？」

ヨータに問われ、ソラは首を傾げた。

「わかんない。今まで食べたものは全部いけた」

「まだ見ぬ食材はわからないってことか。でもまあ、お前も何でも食べられそうだよな」

「ヨータは？」

「野菜が苦手」

「それはいけない！　野菜は食べなきゃ！」

ソラはくわっと目を見開く。

「お前は親か。苦手だけど、食べないわけじゃない。ナギサさんが用意してくれた野菜料理は食べてるじゃないか」

「そう言えばそうだ」

　ヨータはソラよりも少食だが、ナギサに出された料理は全部食べていた。

「でも、今日くらいは野菜がなくてもいいかもしれないな。あさりコロッケを食べたい気分なんだ」

「あさりコロッケ、いいね！」

　砂町銀座にはあさりの専門店がある。あさりコロッケにあさりごはん、あさりパスタまで揃っている。

「でも、こんな時間だし、あさりコロッケは売り切れてるかもしれないな」

「というか、コロッケにじゃがいもが入ってるよね」

「そう言えばそうだ。じゃあ、コロッケは野菜ってことで」

　ヨータはめちゃくちゃな論理でコロッケを分類した。

「ソラが食べたいものは？」

「うーん。芳《こう》ばしい焼き鳥の匂いも気になるし、パックにたっぷり入ったお惣菜《そうざい》も気になる……」

　砂町銀座のお惣菜は安い。その上、量が多くて家庭の味だ。ナギサは、時間がない時は砂町銀座で買ったパックのおかずやサラダを添えることがあった。

「はっ、おでん！」

　ソラは閃いたと言わんばかりに目を見開く。それだけで、ヨータはどの店かわかったらしい。

「ああ。おでんの具を一つずつチョイスできるあのお店か。あそこは美味いし、好きなものを入れてもらえるからいいよな」

「だよね！　俺は卵好きだから、いっぱい入れて欲しい！」

「野菜食わないより、卵いっぱいの方が栄養偏らないか？」

ヨータは少し呆れ顔だ。

「あら、ソラ君とヨータ君」

二人が歩いていると、お総菜屋さんの店先から声をかけられる。ナギサがよく利用している、顔見知りのお店だ。

「こんばんは！」

ソラが元気よく挨拶をすると、お総菜屋さんは眩しそうに微笑んだ。

「今日は、ナギサ君はいないの？」

「ナギサさんは残業です。イベントの準備で……」

「ああ！　そうそう、聞いたわ！」

お総菜屋さんはハッとして声をあげた。

「荒川のイベントで、あなたたちが出るんですって？　ライドショー、楽しみにしているわよ！」

「えっ、もう知ってるんですか？」

ソラとヨータは目を丸くした。

どうやら、商店街でも何店か出店するらしく、その流れでかもめ配達のショーも知ったらしい。

「最近のサステなんとかはよくわからないけど、ストリームライドは観光の集客に繋がるかもしれないんでしょう？　こっちにも足を運ぶ人が増えればいいと思って」

ナギサは、ストリームライドを観光客にレンタルできないかと考えていた。今回のイベントでは持続可能性と同時にアピールしたいのだろう。

ストリームライド目的で荒川沿いの街に来る人が増えれば、砂町銀座にも足を延ばす可能性がある。既に人で賑わっている商店街だが、更に知名度が上がって客が増えるだろう。

「砂町銀座の最寄りの川と言ったら、小名木川《おなぎがわ》ですかね。松尾芭蕉《まつおばしょう》が句を読んだっていう」

ヨータは、脳内で周辺地図を広げる。

「そうそう。小名木川も由緒ある川だし、もっと色んな人に来てもらって賑わった方が喜ぶと思うのよね」

ソラは、こちらに来てから小名木川の名前をぼんやりと知っていたが、松尾芭蕉所縁《ゆかり》の地だとは知らなかった。

「うーん。思った以上に見どころがあるな」

「そうなのよ。派手なところは少ないけど、歴史があるいい場所はたくさんあるから、もっと色々な人に知ってもらいたいわね」

「それじゃあ頑張ります！　まずはイベントで、ライドに注目してもらうことから」

それが、ソラにできる確実な一歩だった。

ヨータもまた、ソラの隣で力強く頷く。

「頑張ってね！　みんなで応援に行くから！」

いつの間にか、お総菜屋さんの周りには人だかりができていた。砂町銀座でお店を開いている人たちと、常連さんだ。

頑張って、とか、きっとできる、とかポジティブな言葉をくれる。

善意の言葉を浴びながら、ソラとヨータは笑顔でその場を後にした。

それから、お店の前を通ったり覗いたりするたびに声をかけられた。彼らは皆、かもめ配達の活躍を知り、その上で応援してくれているのだ。

そう思うと、ソラはかもめ配達と自分がやってきたことが誇らしく思える。

「あれ？」

砂町銀座の終わりまでやってきたソラは、アーチ状の看板の下で自動車が立ち往生しているのに気づいた。

なかなかの高級車で車幅もあり、商店街に出入りしようとしている人たちの妨げになっている。

「まさか、砂町銀座を車で通過しようとしたのか？」

ヨータはソラに耳打ちをする。入り口には車両進入禁止の標識があるというのに。

「ちょっと行ってくる」

「あっ、おい！」

遠巻きにしようとしていたヨータに反して、ソラは車に向かって走り出す。

車はすっかり、困り顔の通行人で埋もれていた。

「すいません！　どうしました？」

ソラは運転席の窓をノックする。すると、ハンドルを手にして申し訳なさそうな顔をしていた紳士が窓を開けた。

絵になるほどの髭《ひげ》が整った紳士で、上等なスーツを身にまとっている。砂町よりも中央区の銀座の街が似合いそうだな、とソラは思った。

「ああ、失礼。砂町銀座商店街を見学しようと思ったんだがね。車両進入禁止だと気づいたのが遅くて……この有り様だよ」

紳士はソラに事情を説明した。

紳士としても、車をバックさせて車道に戻りたいのだが、いかんせん、人がなかなか途切れないのだという。

帰宅時のこの時間、仕事帰りの人と学校帰りの人、買い物帰りの人などでごった返している。彼らの行動パターンもテンポもそれぞれなので、通行人が途切れるのを見計らうのが難しいらしい。律義に歩道で待つ子どもの傍らで、大人たちがさっさと車のそばを通り過ぎて進んでしまうので、最終的に、子どもも遠慮がちに車のそばを通って行った。

「わかりました。ちょっと待っててくださいね」

ソラは車から離れると、通行人の方を向いた。

「すいませーん！　車が立ち往生しちゃってるので、ちょっと待ってください！」

ソラが両手をぶんぶん振ってそう叫ぶと、通行人たちは顔を見合わせて立ち止まる。

ソラは通行人が立ち止まってくれたのを確認すると、紳士の方に顔を向けた。

「大丈夫そうです。お気をつけて」

「あ、ああ。有り難う……！」

紳士は待ってくれている通行人たちに頭を下げつつ、車をバックさせて砂町銀座の入り口から退いた。

「もう大丈夫です！　有り難うございますー！」

ソラが通行人たちに呼びかけると、彼らは良かったと言わんばかりに頷いて歩き出した。

紳士は、車を車道の路肩になんとか一時停止させて、ソラに礼を言う。

「君のお陰で助かったよ。皆さんの通行の妨げになるのが心苦しくて……」

「砂町銀座につい引き寄せられちゃう気持ちはわかります。とにかく、抜けられて良かった」

ソラはからりと笑う。紳士もまた、つられて微笑んだ。

「それにしても、君はすごいカリスマ性の持ち主なんだね。みんなが君に従った。あれは見事だったよ」

「とんでもない！」

ソラは勢いよく首を横に振る。

「みんな、きっかけが欲しかっただけなんです。車が立ち往生してるし、運転手さんは困っているようだし、どうしたのかなとか、何かできないかなと心の中で思ってたから、俺の呼びかけに応えてくれたんです」

「そうか……。優しい人たちだね」

紳士に町の人たちが褒められたのが嬉しくて、ソラはパッと笑った。

「そうなんです。ここの人たちは温かいですよ！　きっと、美味しくて家庭的なごはんを食べてるからです！」

ソラは手にした袋を掲げた。中にはおでんの具がたっぷり入っており、卵がやたらと目立った。

紳士は呆気にとられたようにそれを見ていたが、やがて、くすりと微笑む。

「それでは、私もこの商店街で夕飯を買うとしよう。近くに駐車場はあるかな？」

「えっ、どうだろう……。あったっけ……」

車を運転しないソラは、様子を窺っていたヨータに話題を振る。ヨータは、無言で首を横に振った。

「すいません。心当たりがなくて……」

「それじゃあ仕方がない。遠くてもいいから探すとしよう。車で乗り付けるのは、少々無粋だったようだね」

紳士は苦笑する。

「無粋っていうより、商店街に来る人は徒歩か自転車が多いですね。歩いているのは、ほぼ地元民だし」

何せ、駅から徒歩はなかなか疲れる距離だ。駅から来るなら、バスを利用した方がいい。

駅から遠いという時点で、観光客にとってハードルがやや高い場所だった。

それでも、砂町銀座商店街は年中賑わっている。それだけ地元民に愛されているということだろう。

「駅から近く、観光地化している商店街が多い中、それは素晴らしいことだと思うよ。私もその温かさの一端に触れることができて良かった。有り難う」

紳士はそう言って、駐車場を探すべく車を発進させる。ソラは紳士の車が見えなくなるまで、手を振って見送った。

「ふー。よかった、よかった」

小さなトラブルを解決できたソラは、胸をなでおろす。

「お前、すごいな」

「なんで？」

ヨータに賞賛され、ソラはキョトンとしてしまった。

「いや、何のためらいもなく助けられるのがすごいよ。困ってる人は助けたいと思うけど、話しかけるのは勇気がいるじゃん」

「そう？　なんでだろ。何も考えてないからかな」

ソラはあっけらかんとしていた。

「勇気があるからだよ。褒め言葉は受け取っておけ」

「ん、ありがと」

ヨータに肩を叩かれ、ソラはようやく照れくさくなったのかはにかんだ。

「それにしても、あのおっさんは何をしに砂町銀座に来たんだろうな」

ヨータは首を傾げていた。

「どう見ても、安くて美味くて家庭の味を求めてきたような感じじゃないのが気になるんだよ」

「でも、ああいう高級系おじさんも家庭の味が恋しくなるんじゃない？」

「そうかなぁ。まあ、得意先との外食が多そうだけど。でも、あれは絶対に妻子持ちだ」

ヨータは謎の確信に満ちていた。

「なんで？」

「勘だよ。自分の勘が、おっさんは妻子持ちだって言ってる。お前もそう思わないか？」

「どうだろうな……。モテそうだとは思う」

「だろう？　甲斐性がありそうだもんな。計画性もありそうだけど、ちょっと抜けているところがある。これはもう、モテないわけがない」

ヨータの言葉には妙な説得力があった。ソラも、そんなもんかなと納得してしまう。

「うちの親父もあのくらいの年齢だったたし、子どもがいたら俺たちと同じくらいかな」

「まあ、その前後かもな。いい学校に通ってるんじゃないか？　んで、将来はお父さんのようになれって言われてるっていう……」

「それもなかなか大変そう」

親の期待がプレッシャーになるという話は聞いたことがある。

ソラの親は放任主義だったので、ソラ自身が感じたことはなかったが、高校の進学コースにいた友人は、模擬試験のたびに胃を痛めていた。

「まっ、色んな家庭があるってもんだ。というか、今のは全部妄想だし、意外と独身かもしれない」

「それもそうか」

ソラとヨータは、それ以上、紳士のことを話題にすることはなかった。他人を妄想で語ることはよくないと思ったのだ。

「結局、おかずばっかり買っちゃったな」

ソラは、自分たちが持つおでんやコロッケなどのお惣菜を見やる。

「米はシェアハウスにあるはずだから炊こう。このままおかずパーティーをしてもいいけど」

「おかずパーティーはしたいけど、ナギサさんにお米を食べさせたいかな」

「それもそうか。プレゼンの資料作りでお腹空いてるだろうし、いっぱい炊こう！」

「おー！」

ソラとヨータは、二人並んでシェアハウスへと戻る。

結局、ご飯が炊きあがったところでナギサが帰宅し、三人揃って大量のおかずと山もりのご飯を美味しく味わったのであった。


ソラは時に配達に専念し、時にナギサの仕事を手伝いながら、イベント当日になった。

澄み渡った青空が広がり、荒川上空は眩しいほどの晴天となった。

堤防上のサイクリングロードは歩行者天国になり、地元企業や地元のお店が屋台を出していた。

清砂大橋はイベント来訪者で溢れ、地元民の老若男女から観光客までが賑やかな雰囲気を楽しんでいる。

「うおお……。すごい人だかり……」

荒川と中川の中州にある、会社の舟屋からもその様子が見えた。

どうやら舟屋が珍しいらしく、通行人が立ち止まってはかもめ配達の建物を撮っていた。ソラがピースをしたり手を振ったりすると、撮影者も手を振り返してくれる。

「オープニングセレモニーの前なのに、かなり盛り上がってるな。これは、白波さんも気合いが入っているんじゃないか？」

ソラの後ろから、ヨータもまたひょっこりと顔を出す。

かもめ配達の出番は、オープニングセレモニー開始直後だ。開幕と同時に繰り広げられる派手なライドショーで、客を魅了しようという算段だった。

通行人のカメラはヨータにも向けられたが、ヨータはさっと引っ込んでしまった。

「どうして逃げるの？」

ソラは撮影者に手を振って応えつつ、陰に隠れるヨータに問う。

「自分の姿が撮影されるって面倒だろ。ＳＮＳに変なキャプションと一緒にアップされたらデジタルタトゥーとして残るし」

「えー、そんなことあるかな」

「あるある。全部そうとは限らないけど、悪意を持つ人もいるんだ。気を付けろよ」

「うーん」

そう思いたくないと感じるソラであったが、東京に来たばかりで都会のことはよくわからないのも事実だ。ソラはヨータに対して、曖昧に頷いた。

ソラがいまいちピンと来ていないのに気付き、ヨータは付け加える。

「ほら、ハンマーヘッドみたいな連中とか。あいつらは悪いことしてるだろ」

「う、うん。でも、彼らは見た目が明らかにワルそうだし……」

「どうだかな。ハンマーヘッドとして活動している時は、いかにもっていう格好をしているけど、普段はフツーの顔してフツーの格好してるかもしれないぜ。善人に紛れて、悪事を働くチャンスを虎視眈々《こしたんたん》と狙っているんだ」

ヨータの言うことは一理ある。海上の鯖江たちはとても目立つ。だが、ずっと海上にいるわけではないのだろう。

陸上でも同じように活動していたら警察に補導されそうなものだが、そうではない。きっと、陸上では目立つ行為を控えているはずなのだ。

海中をひっそりと泳ぐ、シュモクザメのように。

「……海風が騒がしい」

ストリームライドの調子を確かめていたカイトが、ポツリと言った。

「えっ、そうですか？」

ソラは海の方からやってくる風を確認するが、特に変わった様子はなかった。カイトにしかわからない何かを感じているというのか。

「用心しろ」

「それって、どういう……」

ソラとヨータがカイトに尋ねようとしたその時、舟屋の扉が開かれた。

「準備中にごめんね」

現れたのは、マリンスーツ姿のナギサだ。

準備万端のナギサとともに現れたのは、スーツ姿の紳士だった。その整った髭と身なりの良さは、ソラとヨータにも見覚えがあった。

「砂町銀座で立ち往生してたおじさん！」

ソラとヨータは、つい指さしてしまう。

「こらこら。人を指さすんじゃありません」

「あっ、すいません！」

ナギサに親のように窘《たしな》められ、ソラとヨータは指を引っ込めて、紳士に頭を下げた。

しかし、紳士はまったく気にした様子もなく、朗らかに微笑む。

「いやいや。その節は世話になったね。あの後は砂町銀座を堪能《たんのう》できてよかったよ」

「この方は、今回のイベントの主催の一人、鯖江さんだよ」

ナギサは紳士を紹介する。どうやら彼はとある企業の社長らしく、地域活性化を図る事業の一環としてこのイベントを開いたそうだ。

ソラも聞いたことがある企業だ。かもめ配達にとって、重要な相手になるだろう。

しかし、それよりも気になることがあった。

鯖江。その苗字に、聞き覚えがあった。

ソラとヨータは顔を見合わせ、無関心そうだったカイトは胡乱《うろん》な眼差しを向ける。

「鯖江って……ハンマーヘッドの鯖江コーヘイと同じ苗字……」

ソラがそう言うと、鯖江の表情が曇る。

「……その様子だと、コーヘイが君たちの仕事の邪魔をしてしまったのかな」

鯖江があまりにも悲しそうな顔をするので、ソラは答え辛くなってしまった。それはヨータも同じようだが、カイトは違った。

「ああ。ハンマーヘッドと名乗り、俺たちが運ぼうとした荷物を仲間とともに奪おうとしていた。奴は、海を荒らす無法者だ」

カイトの鋭利なナイフのような発言に、鯖江は更に肩を落とした。ナギサはこうなることを察していたのか、神妙な面持ちで成り行きを見ている。

「それは……大変失礼なことをした。コーヘイは……私の息子だ」

「えええっ⁉」

ソラとヨータが声をあげ、カイトは片眉を吊《つ》り上げる。

確かに、よく見れば目元の辺りが似ていると言えなくもない。だが、海ヤンキーのコーヘイと、紳士然とした鯖江では雰囲気が全く違う。

「息子の噂は聞いていた。何度も注意したのだが、お恥ずかしいことに全く聞き入れてもらえなくてね……」

鯖江は深い溜息を吐く。

「たしかに我々は襲撃を受けましたが、従業員の機転で事なきを得ました。そこまで気に病まないでください」

ナギサが鯖江をやんわりと励ますが、鯖江は頭を振った。

「本当は、家族でちゃんと話し合わないといけないんです。しかし、なかなかその機会に恵まれなくて……」

「大丈夫。息子さんはきっとわかってくれますよ……」

ナギサは鯖江を励ますが、鯖江はすっかり弱気な父親の顔になっていた。息子のことで心底悩んでいるようで、ソラは声をかけあぐねた。

ナギサのことを見ていても、社長は忙しくて大変なのはわかる。かもめ配達のように小さな会社でもそんな状態なので、ソラが知っているほどの企業の社長である鯖江は、さぞかし忙しいだろう。

ナギサの励ましの言葉に、何の根拠もないことをソラは知っていた。鯖江がどんなに気を揉んでも、きっとコーヘイには届かない。

だが、ナギサもそれはわかっているはずだ。他にかけられる言葉がないから、気休めの言葉をかけてやるしかなかったのだ。

鯖江はほどなくして社長の顔を取り戻し、息子の不始末に関する謝罪の言葉と、今日のライドショーに対しての激励の言葉を残して帰っていった。

自分も非行に走ったら、両親はあんな風に悲しむのだろうか。

ソラは、両親に胸を張れるように生きなくてはと決意を新たにし、ライドショーの準備に取り掛かった。


ほどなくして、オープニングセレモニーが始まった。

挨拶をする鯖江はさすがで、先ほどまでの父親の顔はなりを潜めていた。

ソラは、ナギサとカイトとともに舟屋で待機している。ライドショーになった瞬間、飛び出すためだ。

「さっきよりも人が増えてるんだけど……」

直前までメンテナンスをしていたヨータが、外の様子をこっそりと眺めて震える。

清砂大橋には観客がずらりと人が並び、江東区側の河川敷にも人が大勢集まっている。舟屋の中からは江戸川区側が死角になっているが、おそらく、人でごった返しているだろう。

「みんなが見てるなんて燃えてきた！」

ソラは観客の多さに興奮する。

「すごいな、お前。プレッシャーって言葉を知らないのか？」

「感じる時は感じるけど、今回はやる気が湧いてきたんだ」

呆れるヨータに対して、ソラが返す。ナギサは微笑ましげに笑った。

「ふふっ、海原君は大物だね。もし失敗しても、僕たちがフォローするから大丈夫。堂々とやって」

「はい！」

元気いっぱいに返事をするソラの傍らでは、カイトが相変わらずの無表情で舟屋の外を見つめていた。カイトもまた、プレッシャーなど感じていないのだろう。

ショーでやることは、前日まで三人で練習していた。複雑な動きはないものの、ソラは自分の記憶力にやや自信がなかった。

しかし、ナギサは精いっぱいやればいいと言っていた。カイトもまた、ソラがミスをしても気にしないと言わんばかりだった。

「お客さんに、ストリームライドの魅力をアピールできればいいよ。ライドがもっと皆に知られれば、ライドが関わる事業も参入しやすくなるから」

ナギサの狙いは、スポンサー企業を得ることの他に、ストリームライドを多くの人にアピールすることだった。

水と共存する楽しさ。ウォーターフロント都市の可能性。人々がそれらに気付いてくれれば、次に繋がるだろうと確信していた。

「頑張ります！」

「肩肘張らないで大丈夫」

「楽しみます！」

「それがいい」

ソラの決意にナギサが頷く。

だが、海の方を見ていたカイトが片眉を吊り上げた。

「来たぞ」

「えっ？」

ソラとナギサは、カイトの視線を追う。

すると、海——すなわち荒川河口の方から、ド派手な水しぶきをあげながら何かがものすごい勢いでやってくるではないか。

「ハンマーヘッドだ！」

視力がいいソラは、先頭にコーヘイがいるのを確認した。コーヘイがハンマーヘッドの仲間を引き連れてやってきたのだ。

「まさか、こんな時に来るなんて……」

ナギサは苦い表情をする。

海上からならず者が来ることは想定しておらず、河口付近は小型船一隻が見張っているだけだった。しかも、誤ってイベント会場に侵入しそうになる船などに案内をするためのスタッフなので、ならず者に対応できない。

突然の闖入者《ちんにゅうしゃ》に、会場はざわついていた。

裏では、警備スタッフが何やら無線と交信しているのも見える。小型船の案内スタッフから、ハンマーヘッドに突破されてしまったという旨を報告されているのだろう。

「オラオラ！　海辺はリゾートとか水は癒しとか言ってる連中に、海の怖さを教えてやるぜぇ！」

コーヘイがジェスチャーで指示をすると、ハンマーヘッドたちは江東区側と江戸川区側に散った。

何が起こったのかと河川敷にやってくる人々を威嚇するように猛進する。彼らの手には、何かが握られていた。

「爆竹だ！　あいつら、観客に向かって爆竹を投げる気だ！」

ソラは目敏《めざと》くハンマーヘッドの手の中のものを見極める。

「まずいな。パニックになって怪我人が出るかもしれない……！」

ナギサの顔が青ざめる。

セレモニー会場では鯖江がハンマーヘッドに気付き、息子を止めようとして飛び出そうとするものの、スタッフに避難を促されていた。

警備スタッフはわらわらと集まるが、ハンマーヘッドはストリームライドに乗って荒川を走っているので、手出しができない。

「やばいやばい……！　ライドの良さをアピールするどころか、危険視されるんじゃあ……」

ヨータはわなわなと震えている。

ハンマーヘッドが乗っているのも、改造しているとはいえストリームライドだ。それが恐ろしい乗り物だと一般人に印象付けられたら、ストリームライドを利用した事業は参入が難しくなる。

「どうする、社長」

カイトは、ハンマーヘッドを睨みつけながら問う。ナギサは事態を見極めんと、無言で荒川を見つめていた。

「行きましょう！」

ナギサの代わりに、ソラが答えた。

ナギサとヨータ、そしてカイトは、驚いた表情でソラの方を見やる。だが、ソラの双眸には確信だけが宿っていた。

「彼らを止められるのは、俺たちしかいない。だから、行きましょう。いや──」

ソラはぐっとライドに重心を預け、慣性力に耐える準備をした。

「行きます！」

舟屋から一筋の軌跡が飛び出す。

ストリームライドに乗ったソラだ。

ソラがあげる白い水しぶきに、観客の目は一瞬、釘付けになる。

「あいつ、勝手に……！」

ヨータは悲鳴に近い声をあげた。だが、ナギサは覚悟を決めたように頷く。

「湊君、行こう」

「了解」

カイトは頷き、ナギサとともに発進する。

「き、気を付けて！」

ヨータの案じる声を背中に受けながら、三人が荒川に躍り出た。

「ナギサさん、カイトさん！」

「海原君、湊君。観客やイベント関係者を守りつつ、ハンマーヘッドを退けよう」

ナギサは、澄んだ瞳で混乱する会場をぐるりと見渡す。

「海原君は、ハンマーヘッドの総長を頼む。彼は爆竹を持っていない。指示に専念するためだと思う。だから、彼に指示をさせないようにするんだ。どんな形でもいい」

「はい！」

ソラは、深く頷いた。

「湊君、君は他のハンマーヘッドを頼む。爆竹を観客に投げさせないように。難しい役割だけど、頼めるかな」

「問題ない」

難解なミッションを受けたカイトは、さらりと頷いた。

「ナギサさんは……」

「僕は、後始末だ」

ソラの問いに、ナギサは微笑んだ。

「君たちは思う存分やってくれていい。その後のことは、僕が全部責任を取る」

「でも……！」

ソラたちがいるのは水の上だ。陸上では想像がつかない事故も起きるかもしれない。そんな責任を取るなんて、容易ではないだろう。

不安になるソラに、ナギサは笑顔を返す。

「大丈夫。社員のフォローをするのも社長の仕事だからね。それに、全てを丸く収めるのは得意なんだ」

「……わかりました」

　ソラはこくんと頷いた。カイトもまた、静かに頷く。

　それ以上、言葉はいらなかった。

　ソラとカイトは加速し、ナギサは二人の背中を見つめながら状況を把握する。

「群れはリーダーに従っている。リーダーさえいなくなれば、鎮圧は楽だ」

　カイトはソラにぽつりと言った。

「コーヘイをこの場から離すのもアリですね？」

「ああ。健闘を祈る」

「カイトさんも」

　ソラは真っ直《ま》ぐ《す》にコーヘイの方へ、カイトは今まさに爆竹を投げんとする無法者のもとへ駆ける。

「ヒャッハー！　海は俺たちのモンだ！　テメェらは陸で大人しくしてな！」

　改造ライドに乗ったハンマーヘッドが、何が起こったのか把握できないでいる観客に目掛けて爆竹を振り被る。

　その前を、カイトが過ぎった。

「あん？　なんだ、テメ――」

　凄もうとした彼らに、カイトが発生させた波が襲いかかる。彼らは短い悲鳴ととももに、波に煽られて転覆した。

「うべっ！　荒川の水を飲んじまった！」

ハンマーヘッドは、すっかり湿った爆竹を握りしめながら、ライドを浮き輪代わりにしてすがる。

「おい！　舐《な》めたマネしやがって！」

仲間が転覆させられたと知り、他のハンマーヘッドの意識はカイトの方へと向く。

彼らの憎悪の視線が一斉に向けられるが、カイトは平然としていた。

「いつも俺たちをコケにしてるカラス野郎め！」

「みんなが見てる前で処刑してやるぜ！」

かもめ配達の荷物をたびたび襲おうとするハンマーヘッドであったが、毎回、カイトの技術で阻止されている。その逆恨みを晴らそうというのか、数人のメンバーがカイトを囲った。

しかし、カイトは意に介した様子はない。彼が唯一、言及したことと言えば――。

「……カラスじゃない。カモメだ」

解せないと言いながらもカモメと認めたカイトは、襲いかかるハンマーヘッドに向かった。

摑みかかる彼らの腕をするりと抜け、姿勢を傾けて加速する。

円を描くようにライドを走らせた瞬間、カイトを中心に白い波が発生した。悲鳴をあげながら転覆するハンマーヘッドのメンバーたちであったが、カイトのやり方を学習した数人は上手く波に乗り、左右からカイトに突進しようとする。

だが、カイトは動じることはなかった。

ライドの加速を全開にして突破し、わずかに残った波を駆け上がり、空へと飛ぶ。

「飛んだァ⁉」

「どういう技術だ⁉」

カイトがいなくなったことでぶつかりそうになったハンマーヘッドたちは、急停止して空を仰ぐ。

晴れ渡った空に差す、漆黒の影。それはあっという間に水面へと突っ込んだ。

カイトのライドが高所より着水する。ひときわ大きな水柱が上がり、ハンマーヘッドたちが巻き込まれた。

カイトもまた頭から水を被って烏羽玉の黒髪から水を滴らせるものの、ライドを巧みに操って体勢を整え、水面に浮いているかのようにたたずんでいた。

一方、水柱に巻き込まれたハンマーヘッドたちは、ライドを見失って水面でもがく。

「た、助け……！」

その手が摑んだのは、ライドでも藁でもなくナギサの手であった。

ナギサは、自力で浮かべないハンマーヘッドたちを次々と救助し、近くに浮かんでいるライドに摑まらせるか、河川敷にいるイベントスタッフが投げてくれた浮き輪に摑まらせていた。

「ヒィ……ヒィ……ありがとう……ございます」

溺れる恐怖から唇を真っ青にしたハンマーヘッドが、情けない顔で浮き輪にしがみつく。

「これに懲りたら、水の上で暴れないようにね」

ナギサは子どもに言い聞かせるかのように言い残して、彼らが手放して水面に浮いた爆竹を回収した。

「みなさん！」

ナギサはマリンスーツにつけていたマイクをオンにして、固唾を呑んで見守っていた観客に呼びかける。

「怖い想いをさせてすいません！　かもめ配達のライドショーを引き続きお楽しみください！」

ナギサは、爽やかな笑顔を観客に向けた。

ナギサが微笑み、演技めいた仕草をするだけで、そこがステージの上のようになる。

彼の陽《ひ》だまりのような笑みに安心したのか、緊張気味に行く末を見ていた観客から、ちらほらと笑顔が窺えた。

「なーんだ。このハプニングを演出したショーだったのか」

「すっごいドキドキした！　ストリームライダーってかっこいいね！」

「かもめさーん、がんばれー！」

安心する大人、目を輝かせる若者、ヒーローショーのように声をかけてくれる子ども。観客の雰囲気がポジティブになったのを見て、緊迫していたイベント運営側もまた、顔を綻ばせる。

「いいぞー、かもめ配達！」

「よっ、荒川の貴公子！」

彼らもまた、ナギサに口裏を合わせるように声援を送りつつ、ライドが転覆したハンマーヘッドたちを救助する。

声援と雰囲気に押されたハンマーヘッドたちは、あっという間にカイトに鎮圧され、ナギサに命を拾われる。

事態の鎮静化は目前に見えたが、鯖江の表情は晴れない。

彼の視線の先には、息子のコーヘイがいる。

コーヘイの目はまだ、暗い炎を宿したままだった。破壊的な衝動と怒りに包まれた彼は、仲間が次々と荒川に沈んでも尚《なお》、勢いが衰えることはなかった。

「クソッ、腑抜けどもめ！　だが、メンバーは他にもいる」

コーヘイは、援軍を呼ぶためにスマートフォンを取り出そうとする。

だが、一直線に自分へと向かうライドを見つけた。ソラだ。

「させるかぁぁぁ！」

「チッ！　突っ込む気か！」

ソラは弾丸のごとき勢いでコーヘイに向かう。コーヘイが慌てて身を翻すと、ソラはコーヘイがいた位置を突っ切っていった。

「正面衝突を試みるなんて、正気か！」

「俺はお前を止める！　みんなのために！」

ソラはライドを急停止させ、つんのめりそうになりながらもコーヘイを睨みつけた。

最早、イノシシのごときその勢いに、コーヘイは舌打ちをする。

「とんだバーサーカーだな！　そいつが貴様の愛社精神か！」

「違う！」

ソラは強く否定した。だが、すぐにハッとした。

「い、いや、違わない。それだけじゃないって言いたかったんだ」

「だ、だろうな……。ツッコミを入れそうになった」

ソラはかもめ配達が好きだ。

しかし、我が身を犠牲にしてまでコーヘイを止めようとしている理由は、それだけではなかった。

「お前のやりたいようにさせたら、みんなが悲しむからだ！　イベントを楽しみにしていた主催者側も、お客さんも、みんな！」

「ハン、みんなの幸せのために——ってか。泣けるね」

コーヘイは、心底馬鹿にしたように鼻で嗤う。

しかし、ソラは挑発に乗らない。それどころか、泣きそうにくしゃっと顔を歪《ゆが》めた。

「お前のお父さんだって……悲しむじゃないか」

コーヘイの父親。

その存在を示唆された瞬間、コーヘイはカッと目を見開いた。

「だからだ！」

「えっ？」

「俺は親父に思い知らせてやりたかった！」

コーヘイは、有りっ丈の声で叫ぶ。そこに、並々ならぬ大きな感情が込められていることにソラは気付いた。

「何をだ！」

「教えるか！」

コーヘイは心を閉ざし、腰に下げていたウエストポーチに手を突っ込む。中から取り出したのは、メンバーが持っていたのとは比べ物にならない量の爆竹だ。

「こいつを親父にぶつける。二度と善人面させないようにしてやる！」

「やめろ！」

ソラは反射的に手を伸ばす。コーヘイが身を捻《ひね》ってソラをかわすと、ソラはそのまま荒川に突っ込んだ。

水柱が上がり、会場がざわめく。

「後先考えずに動くからだ。脊髄反射で動いてライドが安定するわけないだろ」

コーヘイは冷ややかにそう言って、事の次第を見守っていた父親を睨みつける。

「いつもいつも、遠くから他人事《ひとごと》のように見やがってよ。ムカつくぜ……！」

コーヘイはライドを加速させようとする。しかし、右足が何者かに摑まれた。

「なっ……」

「誰一人として、傷つけさせやしない……！」

ソラだった。ずぶ濡れになりながらも、自力でコーヘイのライドにしがみつく。

「こいつ……！」

コーヘイの目に恐怖という感情が過ぎる。コーヘイはライドを加速させ、ソラを振り切った。

「海原君！」

遠くで見ていたナギサが思わず声を上げるが、ソラは不屈の精神で泳ぎ、自分のライドによじ登る。

「イベントの邪魔はさせないぞ！　ハンマーヘッド！」

「ゾンビみたいなやつめ！」

ソラは転覆した自分のライドを復帰させ、コーヘイに体当たりせんと急発進した。

ソラの捨て身はハッタリではない。悟ったコーヘイは悔しげに父親を睨みつけたかと思うと、方向転換した。

コーヘイが選択したのは、逃走だった。

だが、父親に強い憎悪を抱いている相手だ。イベントをめちゃくちゃにしようという気は失《う》せていないだろう。

「行かせるか！」

ソラは決意した。コーヘイを捕まえよう、と。

彼の破壊衝動を阻止するには、それしかない。ソラが全身全霊を賭してイベントを守りたいのと同じで、コーヘイもまた、何がなんでもイベントを破壊したいのだ。

そのまま逃がしたら、絶対に次の一手を打ってくる。仲間が次々とやられてたった一人になっても尚、戦意が衰えないのがその証拠だ。

「しつこい奴だ！」

海へ向かうコーヘイは、ずぶ濡れになりながらも追いすがるソラに舌打ちをする。

「どうして、鯖江さんをあんなに恨んでいるんだ！」

ソラは波やモーター音に負けじと声を張る。京葉線の車両が走る荒川橋梁を越え、大きな観覧車を見送り、あっという間に河口へ出た。

海に出たコーヘイは、追っ手から逃れるために更に加速した。

コーヘイは苛立ちを露《あら》わにしながら、こう答えた。

「あいつは善人ぶってるが、卑怯者《ひきょうもの》だ！」

「そうは見えない！」

「それは、お前があいつの善人な部分を見ているからさ。あいつは仕事ばかりで、家族のことなんて見ちゃいない。母さんと結婚したのも、妻子を得て社会的地位を確立させたいからさ！」

「そんな……！」

ソラが動揺するのを見て、コーヘイはソラを引き離そうと更に加速する。ソラもまた、置いて行かれないようにと食い下がった。

二つのライドは、沖へ、沖へと向かう。

カモメが一羽、心配そうにソラの脇を通り過ぎる。沖に行き過ぎてはいけないと言われていたが、今はコーヘイを放っておけなかった。

最初は、彼の破壊衝動を止めようと思っていた。

だが、それだけではない。コーヘイを止めなくては、彼がそのまま海の果てに消えてしまいそうな気がしたのだ。

「鯖江さんは……そんな人じゃない！」

ソラはなんとかコーヘイに追いすがり、反論した。

鯖江は息子と話せないのを悔やんでいた。イベントに乱入した時も動揺していた。ちゃんと、コーヘイのことは見ていたのだ。

「知った口を！　母さんは身体が弱かった。あいつは母さんの今際《いまわ》の際《きわ》にも姿を現さなかった！　重要な会議があると言ってな！」

「そんなことが……」

「あいつが来たのは、母さんが息を引き取ってからだ！　それに、あいつは海に関する仕事をしているのに、海に来たことがない！　海の仕事をして、しかも海で息子が暴れているのに、どうしてだと思う⁉」

コーヘイに疑問をぶつけられ、ソラは答えに詰まる。

鯖江の立場は、ナギサよりも重いはずだ。ナギサも会社をよりよくするために優先すべきことが多く、よく残業したり、睡眠時間を削ったりしていた。

鯖江の立場は大きすぎて、我が身を犠牲にするだけでは足りないのだろう。

だから、自分の身近なものが犠牲になる。それは、家族だ。

海に来られないのも、ナギサが配達業務を行えないのと同じなのだろう。彼にしかできないことが山積みで、現場を部下に任せるしかないのだ。

「身近なものほど……許してくれるだろうと思ってしまうんだ、きっと」

ナギサもそうなのだろうが、ソラはそれでいいと思っているし、ヨータもカイトも許容している。

その分の給与は貰《もら》っているし、ソラたちはナギサとちゃんとコミュニケーションをとっている。ナギサがソラたちのために色々とやってくれることも知っているので、お互い様だと思っている。

しかし、鯖江とコーヘイは違う。お互いにすれ違っているのだ。

「だから……話すべきだと思う。鯖江さんだって、コーヘイに伝えたいことがあるはずだ。コーヘイが寂しいんだったら、鯖江さんに打ち明けるべきだし」

「寂しいだと?」

鯖江は鼻で嗤うが、強がっているのは明らかだ。

彼の瞳は、動揺で揺れている。バランスを崩し、ライドが大きくぐらついたのだ。

「コーヘイ！」

「煩《うるさ》い！」

ソラが手を伸ばそうとすると、コーヘイは振り払う。

「お前に俺のなにが――」

「違う、前！」

コーヘイは振り返る。すると目の前には、大型の貨物船が迫っていた。いつの間にか、貨物船の航路に入ってしまっていたのだ。

貨物船からは小さなライドは見えない。コーヘイはソラとともに進路から逃れるものの、少し遅かった。

「うわっ！」

貨物船が起こした波の前では、ライドは無力だ。コーヘイのライドは波に呑まれ、コーヘイもまた海に引きずり込まれる。

「コーヘイ!!」

ソラは迷わず飛び込んだ。

深く沈んだコーヘイの身体を摑み、救命胴衣の浮力で浮き上がろうとする。しかし、先ほど荒川で無茶なもみ合いをして紐《ひも》が緩んだせいか、救命胴衣が脱げてしまった。

（まずい……！）

ソラの救命胴衣だけが海面へ向かう。ソラはなんとか浮き上がろうとするが、コーヘイを連れたままでは息がもたない。

万事休す。

脳裏に絶望が過ぎるものの、次の瞬間、ソラはお尻に何かが当たるのを感じた。

（えっ……？）

振り返ろうとしたが、視界がかすんでよく見えない。何か黒くて細長いものが、自分とコーヘイを押し上げてくれているようだ。

「ぷはっ！」

海面に顔を出すと、向こうから小型船がやってくるのに気づいた。ナギサと、イベントスタッフ数人が乗っている。

「海原君！　無事かい!?」

「は、はい……なんとか」

ソラとコーヘイは、無事に小型船の上へと救助された。ソラは慌てて海の中を覗き込むが、黒い影は見当たらなかった。

「何かが俺たちのことを助けてくれたんです。黒くて人間よりも少し大きくて……」

ナギサたちも黒い影を探すが、二人のライドとソラの救命胴衣が浮いているだけで、なにも見当たらない。

ソラが首を傾げていると、気を失っていたコーヘイが咳《せ》き込み、目を覚ました。

「海原君に助けられたようだね。今後は無茶をしないように」

ナギサに言われ、コーヘイはソラと回収された自分のライドを見比べる。状況を把握した彼は、「くそっ」と悪態をついた。

「あのさ、コーヘイ……」

「クソ親父がつけた名前を呼ぶな！」

「……その鯖江さんが、お前と話したがってたよ。話す機会がなくて悔しそうだった。海で待つよりも、鯖江さんのところに行ってあげた方がいいかもしれない」

「……あいつが、そんなことを……」

コーヘイは驚いたような顔をして、しばらくの間黙っていた。

ナギサは何かを察したように、うんうんと頷いて小型船でイベント会場に戻る。

会場に着くと満場の拍手がソラたちを迎えた。それはまるで、英雄の帰還のようであった。

「俺は……」

終　章

イベントは大盛況に終わり、ナギサはイベントで声をかけてもらった何社かとやり取りをしている。いい結果が期待できそうとのことだった。

ソラが会場を離脱した後、ナギサはショーをカイトに任せ、すぐに自分の小型船でソラの後を追ったらしい。従業員に何かあってはいけないからとのことだった。

その後、カイトの超絶テクニックで会場を魅了し、鯖江も機転を利かせてくれて、全てはライドショーの演出ということになってセレモニーが終わったのである。

コーヘイはあの後、ずっとおとなしかった。彼なりに思うことがあったのだろう。

別れ際、コーヘイはソラにこう言った。

「迷惑をかけて悪かった。……親父とは話し合ってみる」

目を合わせず、ぶっきらぼうな態度であったが、ソラはそれでもいいと思った。

悪事に手を染めていたコーヘイだが、それは本意ではなかったのだと知れた。全てをソラにぶちまけたがゆえに気まずそうだったが、どこかスッキリした顔は、彼なりに一歩進めたのではないかと思えた。

　ソラはストリームライドにだいぶ無理をさせてしまったため、ヨータにこっぴどく叱られた。カイトも無茶をしたと思っていたソラであったが、カイトのライドは全くの無傷で、実力の差をまざまざと見せつけられた。

「それにしても、あれは何だったんだろう」

「お前を助けた謎の影か？」

「うん」

　陽光を浴びてキラキラと光る荒川の水面を舟屋の中から眺めながら、ソラはヨータと謎の影について話していた。

「あれが助けてくれなかったら俺もコーヘイも危なかった。お礼をしたいんだけど」

「その影なら、『アッシー』じゃないかってみんなが言っているよ」

　背後からナギサがぬっと現れる。

「アッシー？　バブル時代の送り迎えをしてくれる人のことですか？」

「お前、よくそんなこと知ってるな」

　首を傾げるソラに、ヨータが小突く。

「いいや。これさ！」

　ナギサはタブレット端末に表示されたイラストを見せる。そこには、首長竜と思しき生物がゆるキャラ風に描かれていた。

「『荒川のUMAアッシーくん』……」

ソラとヨータは首長竜に添えられていた文字を読む。

「そう。ネス湖のネッシーならぬ荒川のアッシーさ。海原君の話を聞いた人たちが、それはきっとアッシーくんの仕業だって言ってね。新しい名物にして、観光アピールをしたりグッズを販売したりできないかっていう話になったんだ」

ナギサの目が輝いた。未知の生物へのロマンというよりも、新たなる事業の気配に。

それを見たヨータは苦笑した。

「早速、商売の話してる。逞しいなぁ……」

「うーん、こんなに首が長くなかったような……」

ソラは首を傾げる。しかし、ナギサは頭を振った。

「首が長い方が記号化しやすいからね。それに、ネッシーならほとんどの人が聞いたことがあるだろうし、そこに便乗した方がいいと思って」

ネッシーさながらの姿をしたアッシーくんの姿と、得意げな顔をしたナギサを前に、ソラとヨータはそれ以上何も言えなくなってしまった。

ただ一人、遠くからそれを見ていたカイトだけがぽつりと呟いた。

「あの場所は荒川ではなく東京湾だし、ソラの証言からしてスナメリでは……」

だが、アッシーくんの設定を語るナギサや、それを聞いているソラとヨータの耳には入っていなかった。

カイトもそれ以上は特に追及しなかったので、アッシーくんの正体は商売上手な大人たちの妄想のベールに包まれてしまった。

清砂大橋の上から、一羽のカモメが羽ばたいて東京湾へと向かう。

配達依頼を受注したソラとカイトも、舟屋から水しぶきをあげながら飛び出した。

カワウの群れが並走し、釣り人がソラたちに手を振り、京葉線の車窓から子どもたちが目を輝かせてソラたちを見つめている。

かもめ配達は、今日も水とともに生きる人たちの想いと想いを繋げるのであった。


〈了〉


本書は書き下ろしです。

本作品はフィクションです。実在の個人、団体とは一切関係ありません。（編集部）

実業之日本社文庫 あ 31 1

海《うみ》風《かぜ》デリバリー

2024年6月15日　初版第1刷発行

著　者　蒼月海里《あおつきかいり》

発行者　岩野裕一
発行所　株式会社実業之日本社
〒107-0062　東京都港区南青山6-6-22 emergence 2
電話 [編集]03(6809)0473 [販売]03(6809)0495
ホームページ　https://www.j-n.co.jp/
ＤＴＰ　ラッシュ
印刷所　大日本印刷株式会社
製本所　大日本印刷株式会社

フォーマットデザイン　鈴木正道（Suzuki Design）

ISBN978-4-408-55885-1（第二文芸）